소설
.SY STORY

스킬의 제왕 8

이형석 퓨전 판타지 장편소설

초판 1쇄 찍은 날 | 2018년 3월 22일
초판 1쇄 펴낸 날 | 2018년 3월 29일

지은이 | 이형석
펴낸이 | 예경원

기획 | 위시북스
편집책임 | 이규재
편집 | 이즈플러스

펴낸곳 | 예원북스
등록번호 | 제396-2012-000132호
등록일자 | 2012. 7. 25
KFN | 제1-239호

주소 | 경기도 고양시 일산동구 호수로 646-24 위너스21Ⅱ빌딩 206A호 (우)10401
전화 | 031-819-9431 팩스 | 031-817-9432
E-mail | yewonbooks@naver.com

ⓒ이형석, 2017

ISBN 979-11-6098-876-5 04810
    979-11-6098-466-8 (set)

이형석 퓨전 판타지 장편소설
WISHBOOKS FUSION FANTASY STORY

스킬의 제왕

8

Wish Books

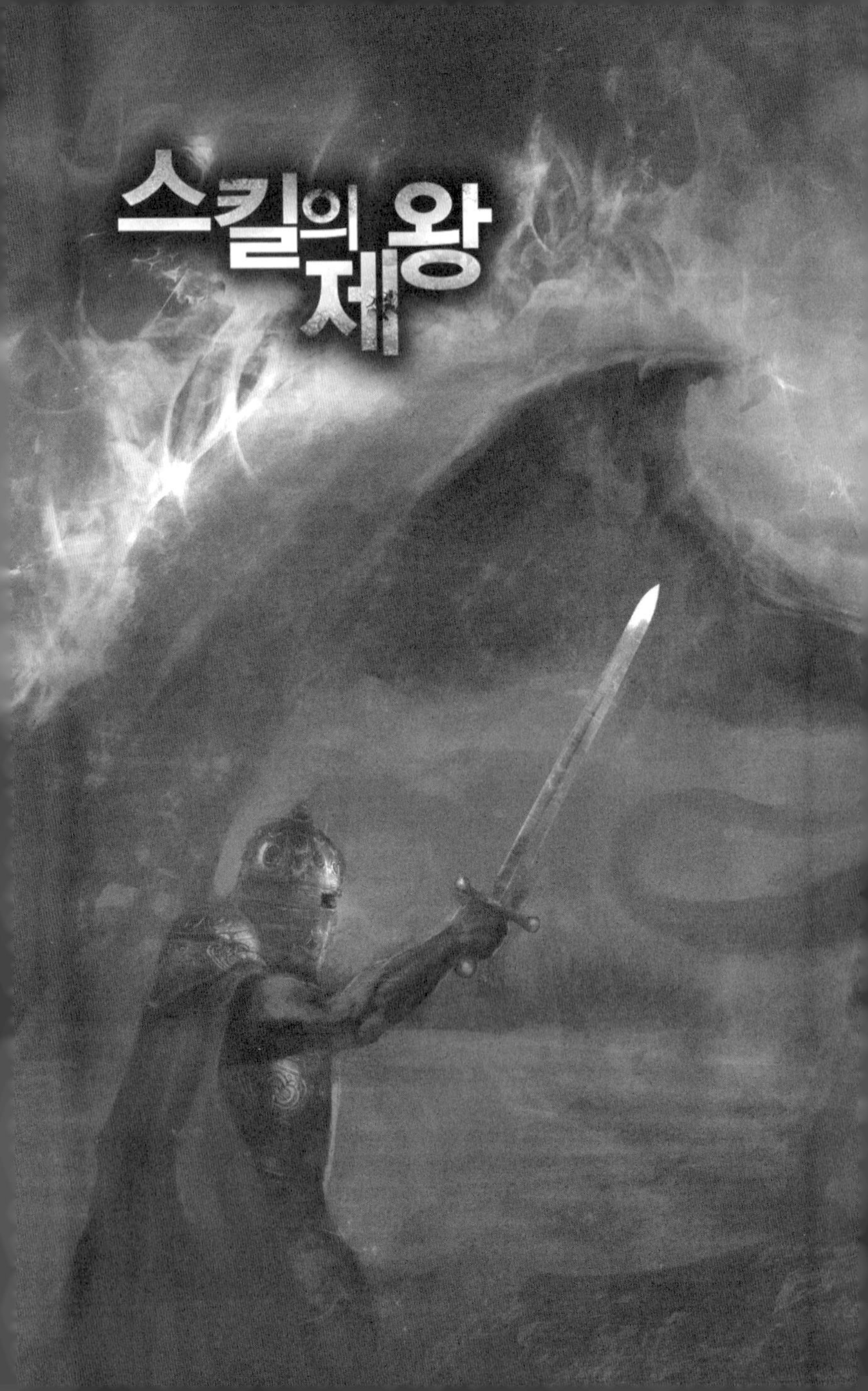
스킬의 제왕

CONTENTS

63장 타투르를 향하여   7

64장 현신(現神)   45

65장 타투르 공방전   83

66장 개전 준비(開戰準備)   109

67장 뇌원 전투   123

68장 알톤 일리야전(戰)   203

69장 승리 뒤에   243

70장 드워프 굴   271

63장
타투르를 향하여

"저곳인가."

"네."

휀 레이놀즈는 마치 단풍이 한창인 가을 숲을 보는 것처럼 붉은 잎사귀로 가득한 숲을 바라보며 낮은 목소리로 말했다.

"알라이즈 크리드, 자네 말대로 회유를 할 가치가 있는 남자겠지."

"붉은 부족은 아시다시피 대륙에서도 호전적인 부족입니다. 게다가 최근에 통합한 검은 이빨과 용골 부족도 마찬가지로 용의 피를 이어받은 반인반괴(半人半怪)들."

그의 옆에 서 있던 앤섬 하워드는 자신감 넘치는 목소리로 대답했다.

"현재 세븐 쓰론에서 마법을 사용할 수 있는 자는 극히 드뭅니다. 마력이란 히든 스테이터스를 얻는 것도 어려울뿐더러…… 상아탑이나 안티훔 대도서관에서 전직한 마법사들을 영입하는 것도 쉬운 일이 아닙니다."

"그래서 토착인들을 활용한다, 이 말이지."

"네, 기본적인 신체 능력은 랭크가 올라갈수록 자연스럽게 외지인이 더 뛰어납니다. 조사에 의하면 토착인들 중 가장 강력한 영웅들도 기껏해야 S랭크."

앤섬 하워드가 휀을 바라봤다.

"현재 저희 3대장을 비롯하여 주군께서도 곧 돌입할 랭크라 생각했을 때 얼마 되지 않아 충분히 역전될 것입니다."

"흐음……."

"하지만 마력과 주술은 좀 다릅니다. 획득하기 어려운 조건으로 인해 그 수가 적은 저희들과 달리 토착인은 오랫동안 익혀왔기에 훨씬 더 강력하고 정교하니까요. 게다가……."

그는 지도 위에 한 점을 가리켰다. 북부가 아닌 남부 동쪽 일대에 포진되어 있는 세 개의 점 중 하나.

"몇 달 전부터 정찰대를 포진시켜 둔 곳입니다. 카짓 부족이라는 오크 부족이 있는 곳이죠."

"오크? 토벌이라도 할 생각이야?"

칸은 앤섬의 말에 입술을 내밀며 이해가 가지 않는 듯 고개를 돌렸다.

"할 수 있다면 토벌을 하는 것이 좋을 것 같아 정찰병을 두었지만 일단은 저희가 주목해야 할 것은 카짓 부족 밑에 있는 염용족과 황철용족입니다."

세 개의 점 중에 붙어 있는 두 개의 점. 앤섬 하워드는 그 점들을 가리키며 목소리에 힘을 주었다.

"용의 피가 섞인 인간이 아닌 진짜 용족(龍族)."

"저들과 싸우기 위해서 알라이즈 크리드의 붉은 부족이 필요하단 말이군요."

"필요한 것은 맞으나 싸우기 위함은 아닙니다."

"그럼……?"

"그 반대인 회유를 하기 위함입니다. 알라이즈 크리드와 함께 세븐 쓰론의 이종족을 통합하고 있는 한 사람이 더 있습니다."

알란은 그의 말에 고개를 끄덕였다. 지금은 물러났지만 초창기에 정찰대의 리더였던 그는 누구보다 남부 일대의 소식에 대해 잘 알고 있었다.

"용의 여왕 혹은 용의 어머니라고 불리더군."

"맞습니다."

"정민지. 30살. 한국 태생인 그녀의 용족들은 외지인과 비교해도 손색이 없을 실력입니다. 각각의 능력은 최소 B에서 A랭크 사이. 오히려 그녀가 어떻게 그들을 자신의 아래에 둘 수 있었는지가 의문일 정도니까요."

"나이까지? 꽤 조사를 했는걸."

"필요한 일이니까요."

엔섬은 칸의 말에 가볍게 웃었다.

"확실히 네 말대로 용족을 얻게 된다면 힘이 되겠지. 하지만 어째서 알라이즈가 정민지를 얻기 위해서 필요한 거지?"

앤섬은 휀의 말에 웃음을 지우고 대답했다.

"초록은 동색이라 하지 않았습니까. 같은 용의 피를 가진 종족을 이끄는 두 사람은 이미 서로 간의 동맹을 맺은 상태라 합니다. 저희가 알라이즈를 얻게 된다면 자연스럽게 정민지도 회유할 수 있는 기회가 될 것입니다."

회색 머리와 은색의 안경을 쓴 외국인의 입에서 나오는 어울리지 않는 속담이었다. 하지만 그 한마디에 모든 것이 단번에 이해되었다.

"우리는 붉은 부족이 있는 곳을 목적지로 삼아야 하는 거군."

"그렇습니다."

휀 레이놀즈는 앤섬 하워드의 말에 낮게 한숨을 내쉬었다.

"기분 나쁘지만 결국 녀석의 말대로군. 타투르를 노리겠다고 선전포고를 했지만 강무열의 눈치를 볼 수밖에 없는 상황이니 말이야."

휀 레이놀즈는 씁쓸한 표정을 지었다. 이러니저러니 해도 결국 지금의 선택은 차선책일 뿐이었다.

'마음 같아서는 당장에라도 타투르로 진격해서 녀석의 코를 납작하게 눌러주고 싶다.'

레인성을 비롯하여 블루 로어로 인한 교단의 병력까지 합쳐서 그의 권세는 어느새 1만에 가까웠다.

'병력의 숫자만 놓고 본다면 내가 강무열에게 밀릴 이유가 없다.'

그럼에도 불구하고 어째서 그를 피하게 되는 걸까.

꽈악.

훼은 인상을 구기며 주먹을 쥐었다.

'아직도 부족하단 말인가.'

지금까지 단 한 번도 느껴보지 못한 박탈감.

"지금은 눈앞의 적을 먼저 생각하십시오."

그의 마음을 읽은 걸까. 앤섬 하워드는 나직막한 목소리로 훼에게 말했다.

"알고 있다."

게다가 여전히 그를 찝찝하게 만드는 건 무열이 남기고 간 동전의 정체였다.

'동전을 던진 뒤에 이렇게 새까맣게 타버렸다. 처음 보는 물건인데……. 거점 상점에선 볼 수 없었어. 그럼 던전 보상템인 건가?'

어디서 이것을 얻었느냐보다 사실 이 동전이 가진 능력이 무엇인가가 중요했다.

"앤섬."

"네, 말씀하십시오."

"붉은 부족을 흡수하고 우리가 남하한다면 중원까지 강무열보다 빠르게 장악할 수 있을까?"

회의실에 있는 테이블에 놓여 있는 지도를 바라보며 앤섬은 잠시 고민하는 모습이었다.

조금 전 가리킨 붉은 점을 비롯해 정교하게 만들어진 지도에는 많은 점이 표시되어 있었다. 그것들은 다름 아닌 현재 무열의 위치뿐만 아니라 안톤 일리야, 알라이즈 크리드, 그에 더해 여러 강자의 위치를 알려주는 것이었다.

바로, 각각의 권세 안에 휀이 심어놓은 첩자들.

무열의 우월한 눈 대신 그는 거점 상점에서 획득한 '전음' 스킬로 자신의 부하들의 위치를 확인했다. 그 덕분에 다른 권세들이 이동 방향과 행동을 지도상으로 예측할 수 있는 것이다.

앤섬은 기다렸다는 듯 자신 있는 목소리로 말했다.

"불가능한 것도 아닙니다. 트라멜 병력이 남하하여 타투르까지 진격한다면 족히 한 달이 걸릴 것으로 예상됩니다."

"근거는?"

"바로 이곳, 하오관이 있기 때문입니다."

그는 가볍게 입꼬리를 올렸다.

"저는 징집될 당시 남부에서 시작한 남부 출신입니다. 예전 북부로 올라올 때 한 번 타투르 운하를 지났던 적이 있습니다. 인공 운하로 인해 만들어진 천혜의 벽은 쉽사리 함락할 수 없을 겁니다."

정벌이 시작된 이후, 앤섬은 가끔 기억을 더듬어 보면서 자신이라면 어떻게 하오관을 공략할 것인가를 상상해 보았다.

'거점 상점의 아이템들을 구입한다 하더라도 결국 그가 사용할 수 있는 루트는 육로뿐. 토착인의 능력이 떨어진다 하더라도 지리적 요건을 조합한다면 관문을 공략하는 데만 족히 2주가 걸릴 것이다.'

보고에 의하면 트라멜에서 선발대가 출발한 것이 약 일주일 전.

'지금쯤 본대가 합류하였을 테니 앞으로 2주, 그리고 타투르까지 진군하는 데 1주가 걸린다.'

"복수할 수 있습니다. 트라멜전과 마찬가지로 타투르를 두고 강무열과 겨뤄볼 여지는 충분합니다."

끄덕.

회의실에 있는 사람들은 앤섬 하워드의 말에 천천히 고개를 끄덕였다. 그 어떤 전투보다 가장 고대하고 있는 것이 바로 강무열과의 일전이었으니까.

특히, 트라멜에서 수모를 겪었던 3대장은 앤섬의 말에 한 치의 의심도 하지 않았다.

"좋아, 빨리 알라이즈를 만나 담판을 지어야겠군. 저번 같은 실수는 없을 것이니까!"

칸은 자신감 넘치는 얼굴로 전의를 불태우며 소리쳤다.

그때였다.

"기다려라."

호기 어린 칸과 달리 대화를 듣고 있던 휀 레이놀즈의 표정이 급격하게 구겨졌다.

"무슨 일이라도……?"

케니스는 갑자기 돌변한 그의 모습에 걱정스러운 목소리로 물었다.

"앤섬 하워드."

"네."

"우리의 예상이 틀렸다."

"그게 무슨……?"

휀의 말에 앤섬은 떨리는 눈으로 그를 바라봤다.

빠득-!!

이를 가는 소리가 막사 안을 뒤덮었다. 이제 곧 전투를 시작해야 할 시점에서 평정심을 유지해도 모자랄 판국에 오히려 그는 분노에 찬 얼굴로 천천히 입을 열었다.

"하오관이 함락되었다."

"……!!!"

"……!!!"

경악스러운 보고.

"그…… 그럴 수가!! 절대로 있을 수 없는 일입니다!!"

"그래, 하지만 일어났다. 그 절대로 일어날 수 없는 일이 말이다."

앤섬 하워드뿐만 아니라 그곳에 있는 모든 사람이 그 한마디에 입을 다물지 못했다.

"어떻게……."

믿을 수 없다는 표정으로 앤섬 하워드는 휀의 설명을 기다렸다. 하지만 어떻게 공략을 성공했느냐는 사실 중요하지 않았다. 이미 공략이 되었다는 사실만이 중요할 뿐.

'그는 언제나 우리의 예상을 뛰어넘는다.'

'저런 자와 싸워야 하는 건가.'

'……빌어먹을.'

눈앞의 전투부터 집중하라고 했던 말이 무색하게 그들의 머릿속엔 이미 눈앞의 전투를 넘어선들, 그 뒤에 있을 강무열의 존재가 두려워지기 시작했다.

"……."

앤섬 하워드는 불안한 듯 그들을 바라봤다.

흔들리는 마음.

그리고 그것이 알라이즈와의 일전에서 얼마나 큰 영향을 끼치게 되는지 그들은 알지 못했다.

두드드드드……!!!

두드드……!!

대지를 달리는 발굽 소리가 지면을 울렸다.

"푸우……! 푸우……!!"

거친 카르곤의 숨소리가 들렸다.

하오관을 공략하는 데 단 하루밖에 소비하지 않은 무열의 무악부대는 그대로 쉬지 않고 달리고 있었다.

"주군, 본대와 너무 멀어졌습니다. 속도를 조금 줄이시는 게 어떠십니까?"

오르도 창은 카르곤의 고삐를 잡아당기면서 말했다.

"워워……!!"

무열이 천천히 고개를 끄덕이자 강찬석을 비롯한 무악부대의 병사들이 일제히 속도를 줄였다.

"동…… 동감이에요. 조금 쉬는 게 어때요. 우읍."

오르도 창의 뒤에 매달려 있던 최혁수는 입을 틀어막으며 드디어 멈춰 선 카르곤의 등에서 기다시피 하며 겨우 내려왔다.

"얼마만큼 왔지?"

"이 정도 속도라면…… 이틀 내로 타투르에 도착할 수 있을 것 같습니다."

"흐음……."

무열은 고민 끝에 허락의 의미를 담아 고개를 끄덕였다.

"빨리 마석을 모아서 라이딩 스킬을 사든지 해야지……. 칸라흐만 아저씨는 도대체 이걸 어떻게 타신 거지? 뒤에 있어도 토할 것 같은데."

오르도 창은 이마를 짚고 누워 있는 최혁수의 약한 모습에 재밌다는 듯 피식 웃었다.

"그분은 낚시꾼이시니까. 우리가 알지 못하는 영역에 있는 존재라고 생각해야 가깝지."

낚시꾼과 같이 랭크업 던전이 아닌 특수한 상황에서 얻게 되는 클래스는 징집되기 이전부터 이미 세븐 쓰론에 존재하는 직업들이었기 때문에 토착인들 역시 알고 있었다.

"최혁수, 힘든 건 알겠지만 그리 오래 쉬지 못하니 정신 바짝 차려라. 해가 지기 전에 조금 더 이동할 거니까."

"……네?"

청천벽력 같은 그 말에 최혁수는 울상이 되어 무열을 바라봤다.

"하오관이 정비가 되면 곧바로 운하를 통해 병력이 이동할 거다. 수로를 통해 간다면 확실히 우리보다 더 빠르다. 부지

런히 달리지 않으면 오히려 뒤처지고 말 거다.”

진아룬의 갈까마귀들이 하오관의 성문을 부수는 데 성공함에 따라 42거점의 함선들은 예상보다 적은 피해를 입었다.

뿐만 아니라 쿠샨 사지드는 하오관에 적재되어 있던 선박 중에 불에 타지 않은 것들을 현재 수리하고 있는 상황이었다.

“이동 가능한 예상 병력은 약 1,500명. 타투르의 주둔군에 비하면 적은 수지만 충분히 해볼 만하다.”

“설마 그 병력으로 싸우는 건 아니죠? 아무리 우리라도 6,000명이나 있는 타투르를 고작 1/4배의 병력으로 이기는 건 무리예요.”

최혁수는 설마 하는 표정으로 그를 바라봤다. 지금까지 상식을 뛰어넘는 행동을 아무렇지 않게 했던 그였으니 그렇게 말하는 것도 이상한 게 아니었다.

“여튼 하오관에 3,000명이나 남겨둔 건 아무리 생각해도 과했다고 생각해요.”

“저 역시 최혁수 님의 의견에 동의합니다.”

“걱정 마라. 나 역시 이 병력으로 타투르와 붙을 생각은 없으니까.”

무열은 걱정스러운 눈빛으로 자신을 바라보는 두 사람을 향해 가볍게 웃었다.

“뭐, 가능하다면 피를 보지 않고 마무리하고 싶은 욕심도 있지만."

"……네?"

최혁수는 순간 자신의 귀를 의심했다.

1,500명의 병력으로 타투르를 공략하는 것조차 불가능하다라고 말한 그였다.

아니, 아무리 머리를 굴려봐도 방법이 없었다. 그런데 그런 자신의 말을 마치 비웃듯 무열은 오히려 피 한 방울 흘리지 않고 타투르를 얻고 싶다고 말하고 있었다.

"타투르의 주인이 내 생각과 같은 사람이라면."

무열은 품 안에서 작은 책 한 권을 꺼냈다. 그러고는 가볍게 손바닥으로 툭! 하고 치면서 말했다.

"생각이 달라질 수도 있겠지."

최혁수와 오르도 창은 처음 보는 책에 고개를 갸웃거리며 그것을 주시했다.

책의 세로에 적혀 있는 제목.

그건, '로안의 기록서'였다.

"무혈입성(無血入城)……?"

"정말 그게 가능한 일입니까?"

오르도 창과 최혁수는 무열의 말에 놀란 듯한 표정으로 그를 바라봤다.

북부 7왕국 중 그 어떤 세력에도 속하지 않은 타투르는 오랜 세월 중립을 지킨 만큼 왕국이 가진 힘 역시 가벼이 볼 수 있는 것이 아니었다.

'내 예상이 맞다면…… 아마 그가 타투르에 있을 가능성이 높다.'

무열은 카르곤을 몰며 생각했다.

'물론 무력으로 타투르를 공략해야 하는 경우를 대비해서 아론에게 명해놓은 것이 있긴 하지만……. 웬만해서는 그 방법은 피하고 싶군.'

이틀을 쉬지 않고 달린 그들의 시야에 타투르가 서서히 잡히기 시작했다.

"멈춰."

히이이이잉———!!!

무열이 손을 들어 올리자 무악부대가 일제히 카르곤의 고삐를 잡아당겼다.

"지금부터 최대한 타투르의 시야에 들어가지 않도록 은밀하게 움직인다. 오르도 창은 2분대의 일부를 데리고 빠르게 진지를 구축할 장소를 알아본다. 1분대는 타투르의 움직임과 동시에 지정된 갈까마귀의 서신이 놓일 곳을 확인하라."

"알겠습니다."

"특히, 강찬석. 절대로 무리하게 조사하려 들지 마라. 인공섬인 그곳은 토착인뿐만 아니라 우리와 같은 외지인도 살고 있는 곳이니까. 감지 스킬을 가진 사람이 있을 수도 있어."

"명심하겠습니다."

무열을 비롯하여 휀 레이놀즈, 안톤 일리야 등 각각의 세력들은 항상 중원인 타투르를 주시했었다. 그렇기 때문에 모두가 대륙을 노린다면 중원을 차지해야 한다고 생각했다.

인공 섬 타투르.

지리적인 여건상 각종 정보가 몰려드는 곳이기 때문에 가장 빠르고 정확한 대륙의 정세를 알 수 있는 타투르는 그 정보를 각각의 나라에 사고팜으로써 명맥을 유지했었다.

하지만 단순히 그들이 가진 무기가 정보라 할지라도 결코 힘이 약한 것은 아니었다.

'여제(女帝) 수잔 수아르. 그녀와의 전투는 아직도 기억하고 있지.'

전생에서도 이강호가 중원을 차지하기까지 꽤나 난항을 겪었다. 자칫했으면 패배를 했을지도 모를 정도로.

그 당시 그를 비롯해 휀 레이놀즈와 염신위, 그리고 안톤 일리야가 동시에 타투르를 노렸다.

'한마디로 말해서 사방이 적으로 둘러싸였던 특수한 상황이

었다.'

병력의 차이는 족히 열 배.

물론, 이들은 동맹이 아니었던 상황이기에 연합군이라고 할 수는 없었지만 암묵적으로 타투르를 빈 공터로 만들고 난 뒤에 서로 경쟁을 하고자 했었다.

그럼에도 불구하고 타투르는 무려 한 달 하고도 보름 동안 그들의 협공을 견뎌냈다.

'그중에 가장 큰 이유는 단순히 인공 섬의 병력이 아닌 외지인들이 있었기 때문이었지.'

어찌 생각하면 타투르는 세븐 쓰론에서 유일한 토착인과 외지인의 연합 체계다. 안톤 일리야나 정민지, 알라이즈 크리드처럼 토착 세력을 흡수한 사람들은 있었지만 타투르의 사람들과는 그 체계가 명백히 다르다.

평등한 관계.

세븐 쓰론의 그 누구도 이런 구도를 구축한 사람은 없었다.

'전쟁에 있어서 가장 중요한 것 중 하나는 명분.'

자신의 나라를 수호하겠다는 목표와 자신을 받아들여 준 나라를 지키겠다는 이유가 있었기 때문에 타투르의 사람들은 그 누구보다 저항이 심했다.

'그중에서도 가장 큰 걸림돌은 타투르 자유군의 단장, 안슈만 쿠마르. 그가 있다면 무력으로 제압하는 건 정말 힘든 일

일 것이다.'

인도 태생인 그는 토착인을 다스리는 수장 수아르와 함께 타투르에 거주하는 외지인의 수장이었다.

유니크 클래스, 마르두크(Marduk).

'태양의 아들'이라는 뜻을 가진 그의 직업은 휀 레이놀즈의 하이랜더보다 상위 등급임과 동시에 통솔력에 있어서도 비할 바가 아니었다.

'개인적인 전투 능력도 뛰어났지만 토착인과 외지인을 모두 아우르는 그의 전술은 가히 인간군 4강과 견주어도 손색이 없었다.'

만약.

그가 타투르를 기점으로 사람들을 돌보지 않고 본격적으로 권세를 늘렸다면 인간군의 판도는 달라졌을지도 모른다.

'실제로 중원에 모인 외지인들은 전투를 피하기 위해 도망쳐 온 사람이 더 많았다. 그런 자들을 이끌고 인간군의 군대에 맞서 무려 한 달 하고도 보름을 싸웠으니……'

모두가 난공불락이라 불렸던 하오관. 무열이 그 관문을 아무렇지 않게 생각했던 이유는 그의 전생에서 그보다 더한 전투를 많이 겪었기 때문이다.

'정말로 난공불락이라면 저 타투르를 말하는 것이겠지.'

모두가 중원을 염두에 두고는 있었지만 지금 같은 상황에서 그곳을 노리는 것은 부담스러운 일이 아닐 수 없었다.

현재 휀 레이놀즈가 붉은 부족을 흡수하기 위해 동쪽으로 이동하였고 안톤 일리야 같은 경우는 최남단에서부터 시작하여 현재 무열의 남부 5부족을 토벌할 준비를 하고 있었다.

즉, 중원이 중요하다는 것을 알면서도 바로 타투르를 향하지 않은 것은 말 그대로 그들의 힘이 강하다는 것을 증명하는 것.

'한마디로 그곳을 흡수하기 위해 다른 곳을 먼저 공격하고 있는 양상이다.'

하지만 유일하게 무열만이 그들과 달리 곧바로 타투르를 향해 진격했다.

막대한 병력의 차이가 있는 것도 아니다. 어쩌면 휀 레이놀즈와 안톤 일리야는 크게 무열을 경계하지 않았던 건 그가 실패할 확률이 높다고 생각했기 때문일지 모른다.

물론, 그런 예상은 이토록 빠르게 하오관을 점령할 것이라 생각하지 못했던 때였겠지만.

'나 역시 처음에는 피하고 싶었다. 지금의 병력으로 타투르를 공략하는 것은 엄청난 피해를 감수할 수밖에 없는 일이니까.'

처음에는 휀 레이놀즈가 그에게 선전포고를 한 것처럼 그 역시 중원을 노리겠다는 말은 휀을 흔들기 위해서 했던 말이었다.

'이것을 확인하기 전까지는.'

무열은 눈을 빛내며 품 안에 있는 책을 꽈악 쥐었다.

✦

'생각보다 빠르게 하오관의 정리가 끝났군. 이 정도 속도라면 별문제가 없으면 내일 안으로 병력이 도착하겠어.'

타투르에서 조금 떨어진 숲.

막사 안에 있던 무열은 천천히 눈을 떴다. '우월한 눈'을 통해 윤선미가 타고 있는 함선이 이동하는 것을 확인한 그는 천천히 고개를 끄덕였다.

탁자 위엔 회수해 온 서신들이 쌓여 있었다. 출정 이전에 진아륜을 하오관에 투입한 것과 마찬가지로 무열은 천륜미를 타투르에 잠입시켰었다.

서신들을 집어 들어 확인하면서 그는 생각했다.

'역시……. 하오관과는 달리 타투르는 갈까마귀라도 침입이 어려웠나 보군. 이렇게 되면 천륜미는…… 이미 다음 명령을 수행하기 위해 떠났겠지.'

하오관과 마찬가지로 갈까마귀들이 타투르 내에 있었다면 무열은 본대가 오기 전에 마법을 통해 지도를 완성했을 것이다.

하지만 타투르 안에는 아무도 없었다.

무열은 강찬석에게 명령하기 이전에 이미 갈까마귀들의 잠입이 실패했다는 것을 알았기에 서신을 회수해 오라고 했던 것이다.

'그래도 꽤 열심히 조사를 했군. 병력과 시민의 수, 보초의 교대 시간이라든지 성의 구조까지 말이야.'

강찬석이 가져온 서신을 확인하며 무열은 고개를 끄덕였다.

'하긴, 감지 능력을 가진 클래스는 마법사와 사냥꾼, 그리고 그녀와 동일한 암살자 클래스다. 타투르라면 이 셋 모두 있어도 이상하지 않으니까.'

무리하지 않고 무엇보다 안전을 최우선시하라는 무열의 명령을 따른 것만 해도 다행이라 생각했다.

"뭐…… 지금 상황에선 이게 없어도 괜찮을지도 모르니까. 안 그렇습니까."

화르르륵……!!!

무열은 확인한 서신들을 불태우면서 낮은 목소리로 중얼거렸다. 그건 단순한 혼잣말이 아니었다. 자신의 손바닥 위에서 연기를 뿜어내며 타들어 가는 서신에서 시선을 떼지 않고서 그가 말했다.

"오랜만입니다."

"허허…… 마치 예상이라도 하고 있었던 표정이군."

놀랍게도 막사 밖에서 들려오는 나지막한 목소리가 있었다.

"하긴, 그랬으니 보초들도 모두 물렸겠지. 그렇지 않았으면

들어오는 것이 쉽지 않았을 걸세."

"기다리고 있었습니다."

수풀을 뚫고 나온 한 남자가 무열을 향해 말했다. 그 역시 남자를 향해 고개를 끄덕였다.

"좋군. 나 역시 자네에게 할 말이 있으니 말일세."

달그락.

병이 부딪치는 소리가 들렸다. 허름한 옷에는 주렁주렁 약병들이 달려 있고, 등에는 기다란 작살과 허리에는 채찍이 달려 있는 특이한 복장을 하고 있는 사람은 아마 세븐 쓰론에서도 딱 한 명뿐일 것이다.

바로, 낚시꾼 칸 라흐만.

"어떻게 내가 자네에게 올 것이라고 생각했지?"

오랜만의 반가운 재회였지만 즐거운 마음으로 대화를 나눌 수 있는 상황이 아니었다.

"그냥 감입니다. 트라멜을 떠나신 뒤에 가장 먼저 가실 곳이라면 전대(前代) 낚시꾼이 있었던 타투르가 아닐까 생각했으니까요."

칸 라흐만은 무열이 건넨 차를 한 모금 마시면서 신기하다는 표정을 지었다.

"허허…… 그런 정보는 어떻게 알고 있는 겐가? 낚시꾼이 아니라면 모를 일인데."

"저도 우연히 알게 되었습니다."

"우연히?"

무열은 품 안에서 책 한 권을 꺼내었다. 두툼한 책에는 신기하게도 마치 세 권을 이어 붙인 것처럼 사이사이에 다른 표지가 끼워져 있었다.

"흐음, 자네에게 할 말이 많네만…… 우선 작금의 사태에 대해서 말해야겠지."

기다렸던 일이었다. 무열은 책을 칸 라흐만에게 밀어 넣고는 그를 바라봤다. 잠시 시선이 책에게 쏠렸지만 이내 곧 칸 라흐만은 그것에서 눈을 떼었다. 지금은 고작 책 한 권보다 더 시급한 일이 있다고 생각했으니까.

"어찌할 생각이지? 무력으로 타투르를 얻을 거라면 말리고 싶네. 낚시꾼의 거래가 있어 모든 것을 이야기해 줄 수는 없지만 타투르에는 약 7,000의 병력이 주둔하고 있네."

"알고 있습니다. 갈까마귀들이 남긴 서신에서 확인하였습니다."

"자네도 알다시피 타투르엔 토착인만 있는 게 아닐세. 이미 전쟁 준비에 돌입한 그들은 막대한 마석으로 외지인들을 통해 거점 상점의 아이템들을 구입하고 있네."

"역시 수잔 수아르군요. 거점 상점을 활용할 생각까지 하고 말입니다."

칸 라흐만은 무열의 말에 고개를 저었다.

"감탄할 상황이 아니란 말일세. 솔직히 말해서 세 배의 병력이 온다 하더라도 성공을 확신할 수 없네."

칸 라흐만은 무열이 당연히 하오관을 버리고 모든 병력을 이끌고 왔을 것이라 생각했다.

하지만 그의 예상을 깨고 타투르를 점령하기 위해 출발한 병력은 고작 1,500여 명에 불과하다는 것을 듣고는 놀라지 않을 수 없었다.

"칸 라흐만."

무열이 그의 이름을 불렀다.

"저는 수잔 수아르를 만나고 싶습니다."

"……뭐? 그건 불가능하네. 조금 전에도 말했잖은가. 하오관의 소식이 그들의 귀에 들어왔다고."

칸 라흐만은 나직하게 한숨을 내쉬었다.

"자네라면 하오관을 함락시킨 자들을 웃으며 맞이할 수 있을 것 같은가? 이미 그들의 분노는 극에 달했네."

"알고 있습니다."

무열은 그의 말에 고개를 끄덕였다.

"전투는 정해진 일이네. 어쩔 수 없는 일이란 건 알지만 그들에게는 자네들과 달리 자신의 땅을 지키기 위함이라는 명분이 있으니 말이야."

"그렇기 때문에 당신이 필요한 겁니다."

"……뭐?"

칸 라흐만은 살짝 눈썹을 찡그렸다.

"오랜 세월 동안 낚시꾼은 타투르와 긴밀한 관계를 유지하고 있었다고 적혀 있더군요."

"날 너무 과대평가하는군. 아무리 나라도 분노에 찬 타투르의 병사들을 진정시킬 수 있는 힘은 없네."

그때였다. 고개를 저으며 말하는 그의 눈동자가 순간적으로 커졌다. 그러고는 황급히 말했다.

"잠깐."

그는 무열의 말에 이상함을 느꼈다.

"적혀 있었다라고? 어디에 말이지? 낚시꾼의 비밀은 오직 낚시꾼에게만 전승되는 것인데……."

무열은 그의 말에 살짝 턱을 들어 올렸다. 그제야 칸 라흐만의 눈에 무열이 자신에게 내밀었던 책 한 권이 다시 들어왔다.

"설마……."

"그뿐만이 아닙니다."

떨리는 눈동자로 그 책을 바라보는 칸 라흐만을 향해 무열은 담담한 목소리로 말했다.

"전쟁에 있어 어느 정도는 감수해야 하는 법. 분노는 남아 있겠지만 그건 수잔 수아르 역시 받아들일 일일 겁니다."

"……"

"만약 이 책에 담긴 내용을 본다면…… 말이죠."

"그, 그게 무슨……?"

"어쩌면 타투르뿐만 아니라 대륙이 움직일지도 모릅니다."

무열은 '로안의 기록서'의 겉장에 손을 얹었다. 그 안에 어떤 내용이 들어 있기에 이토록 자신 있게 말하는 것일까.

칸 라흐만은 고개를 들어 그를 바라봤다.

"당신에게 자리를 주선해 달라는 것이 아닙니다. 단지……"

기다렸다는 듯, 망설임 없이 무열은 그에게 말했다.

"이 책을 그녀에게 건네주시기만 하면 됩니다. 그 이후 그녀의 대답은 제가 듣겠습니다."

꿀꺽.

그 순간, 칸 라흐만은 자신도 모르게 마른침을 꿀꺽 삼켰다.

"책을 전해주는 것은 일이 아니지만…… 도대체 이 안에 무슨 내용이 적혀 있기에 그렇게 확신하는 거지?"

칸 라흐만은 무열이 건넨 책에 호기심을 가지지 않을 수가 없었다.

[집정관 로안의 기록서-ⅠⅡⅢ(완성본)]
대륙에 남아 있는 3권의 책이 모두 완성되었을 때, 비로소 마법적인 힘으로 인해 복원된 완성본.
봉인되어 있던 주문이 다시 힘을 가짐에 따라 책을 완성한 주인과 그가 허락한 인물만이 열람할 수 있는 권한을 가진다.

[현재 조건 불충분으로 열람이 불가능합니다.]
[제한 조건을 확인하시겠습니까?]

그가 책 위에 손을 얹자 붉은색의 경고창이 떠올랐다. 자못 궁금했지만 칸 라흐만은 이내 곧 고개를 가로저었다. 정보를 찾는 낚시꾼이라고 하지만 이건 자신이 손을 대서는 안 될 것 같은 느낌이 본능적으로 들었기 때문이다.

낚시꾼이기에 가질 수 있는 직감.

"자네."

"잔소리는 듣지 않겠습니다. 저도 우연히 얻고 우연히 시작한 일이거든요."

"……."

무열의 대답에 칸 라흐만은 한참 뜸을 들인 후에 낮은 한숨을 내쉬었다.

"뭐…… 자네라면 괜찮겠지."

8

"그런가요?"

"내가 세븐 쓰론에서 유일하게 믿고 있는 사람이니 말일세. 가끔 말도 안 되는 일도 해내니 말이야."

그의 말에 무열은 쓴웃음을 지었다.

"너무 기대하지는 마십시오. 저는 그렇게 대단한 사람은 아니니까요."

"대단하다고 하지 않았네. 괜찮을 거라고 했지."

"네?"

"자넨 절대로 우월함에 취하지 않으니까. 자네가 트라멜을 안정화하고 북부와 마법회를 손에 넣는 동안 나 역시 꽤 많은 곳을 돌아다녔네."

무열은 칸 라흐만에 말에 마음속으로 짐짓 놀라지 않을 수 없었다.

'역시…… 낚시꾼인가.'

휀의 전음이나 자신의 우월한 눈과 같은 마법이 없음에도 불구하고 그는 대륙에서 일어나는 일을 모두 알고 있었으니 말이다.

"알카르의 죽음이 자네와 연관이 있다는 걸 들었을 때 진심으로 놀랐네만……. 이번 원정에는 데려오지 않았나 보지? 새로 태어난 신수 말일세."

"네, 아직 어리기도 하고…… 인간의 싸움에 신수를 쓰고 싶진 않아서요."

"인간의 일은 인간끼리라……. 이해는 되지만 이상적인 말이로군."

칸 라흐만은 안타까웠다. 물론 그런 무열의 모습이 좋기에 많은 사람이 따른다고 생각하지만 가지고 있는 힘을 사용하지 않는 건 때로는 자신의 것을 잃게 만들기 때문이다.

"휀 레이놀즈는 알라이즈의 세력을 흡수하려고 하는 것 같더군. 안톤 일리야는 반대로 남부에 있는 오크족들을 자신의 것으로 만들고 있네."

"확실합니까? 안톤 일리야가 오크족들을 통합하고 있다는 게."

"음……? 그럴 걸세."

"다행이군요."

두 사람 모두가 타투르가 아닌, 인간이 아닌 다른 종족을 흡수하는 것을 택했다.

칸 라흐만은 둘러서 자신의 의견을 무열에게 말하고 있었다. 하지만 심각한 자신과 달리 그는 오히려 안심하고 있는 눈치였다.

"저는 전쟁에 질 생각은 없습니다."

"……?!"

무열은 그의 말에 가볍게 웃었다.

"휀과 안톤 일리야는 걱정하지 마십시오. 저희를 방해할 수 없을 겁니다."

"어째서지?"

"일단 워록(Warlock). 안톤, 그는 아마도 2차 전직으로 다른 강자들과 달리 노멀 클래스인 용병(Mercenary)을 선택했을 겁니다. 맞습니까?"

"으음, 그렇네."

칸 라흐만은 그의 말에 놀란 표정을 지었지만 무열은 그 대답에 고개를 천천히 끄덕였다.

'다행히 그는 전생과 같은 길을 선택했군. 뇌전과 뇌격이 없음에도 불구하고 생각은 크게 달라지지 않았나 보군.'

"만약에 그가 남부에서 얻을 수 있는 2차 클래스인 비스트 로드(Beast Lord)였다면 골치 아팠을 수도 있겠지만 용병이라면 걱정하지 않아도 될 겁니다. 동남부 일대에 있는 오크족들은 결코 쉽게 안톤에게 힘을 빌려주지 않을 테니까요."

안톤 일리야의 결정은 나쁘지 않다. 토착인을 수용해 자신의 세력을 넓히겠다는 계획은 그때와 다르지 않으니까.

'하지만 노렸던 종족이 문제였지. 이맘때쯤 다른 강자들과 달리 안톤의 기세는 크게 꺾이게 된다.'

빠른 속도로 오크족들을 장악해 가며 자신의 세력을 넓히던 그에게 나타난 걸림돌.

카짓 부족의 수장, 보스머 카짓.

'능력으로 따지면 거의 A랭크에 필적한 그가 버티고 있는 한 안톤 일리야라 할지라도 단시간 내에 동남부 일대를 취하는 것은 불가능하다.'

게다가 자신의 남부 5대 부족의 병력이 그 뒤를 견제하고 있으니 정면 승부만 아니라면 안톤 일리야는 쉽게 움직이지 못할 것이다.

'혹여나 전생과 달리 미래가 바뀌어 안톤 일리야가 오크족이 아닌 내 권세로 향하면 하는 불안함이 있었는데 다행이로군.'

생각해 보면 쿤겐을 얻고 난 뒤, 무열은 계속해서 북부에 있었다. 전생(前生)과 비교해도 무열은 남부의 역사에는 거의 손을 대지 않았던 것이기도 하다.

'확실히…… 염신위의 존재가 사라진 것은 클 수 있겠지만 다행히 초기에 일어난 일. 다른 자들의 행보는 내가 알고 있는 것과 크게 다르지 않다.'

자신의 존재가 닿는 영역은 확연하게 변했다는 것을 다시 한번 느끼면서 무열은 말을 이어갔다. 왜냐면 휀 레이놀즈가 있는 북부는 그가 닿아 있는 영역이었으니까.

'원래대로라면 휀 레이놀즈가 붉은 부족을 흡수하는 것이 맞다.'

전생에서도 그리했으니까.

하지만 무열은 그를 떠올리며 입꼬리를 올렸다.

"뭐, 휀 역시 나쁘지 않은 선택을 한 것은 맞습니다. 붉은 부족을 얻게 되면 자연스럽게 정민지의 용족도 얻을 수 있는 가능성이 높아지니까."

"그렇겠지. 반인족과 용족. 지금 상황에서 우리에게 가장 부담스러운 세력이 아닐 수 없으니까. 만약…… 그들이 모두 휀의 레이놀즈의 권제 안에 들어와 우리를 공격하게 된다면……."

생각만 해도 끔찍했다.

칸 라흐만은 심각한 표정으로 무열의 말에 고개를 끄덕이며 말했다.

"아마도 그럴 일은 없을 겁니다."

"……음?"

"휀 레이놀즈도, 그의 책사인 앤섬 하워드도 간과하고 있는 것이 하나 있죠. 아니, 간과라기보다는 자연스럽게 착각하게 된 것."

칸 라흐만은 무열의 말에 고개를 갸웃거렸다.

'이것 역시 나로 인해 바뀐 일.'

무열은 탁자 위에 지도를 펼치며 말했다.

"붉은 부족과 휀 레이놀즈의 권세 사이에 있는 세력 하나가 있죠. 바로……."

지도 위에 올린 손가락을 천천히 움직였다.

"……!!!"

그리고 그가 가리킨 곳이 명확해진 순간 칸 라흐만은 자신조차 잊고 있었던 한 가지 사실을 깨달았다.

❋

콰아앙……!!!

부러질 듯 흔들리는 책상.

"이런…… 개 같은!!!

하오관 전투 소식은 빠르게 대륙에 번져 갔다. 하지만 휀 레이놀즈도 안톤 일리야도 무열의 진군에 이렇다 할 반응을 보일 순 없었다.

너무나도 빠르게, 난공불락(難攻不落)의 문이 열렸으니까.

전음을 통해 그 소식을 가장 먼저 알게 된 휀 레이놀즈는 어쩔 수 없다고 생각했다. 앤섬의 말대로 눈앞에 있는 적을 먼저 해결해야 하는 것이 맞았으니까.

지금 그가 분노하는 것은 하오관이 자신의 생각보다 너무 쉽게 무너졌기 때문이 아니다.

"그 자식……!! 분명 동맹을 맺겠다고 하지 않았습니까? 이딴 식으로 우리 뒤통수를 쳐도 되는 겁니까!"

칸은 이를 바득 갈며 소리쳤다.

"……."

"……."

앤섬 하워드과 케니스는 어찌할 바를 몰겠다는 표정으로 침묵할 뿐이었다.

"……죄송합니다."

"네가 사과를 할 일이 아니다."

휀 레이놀즈는 숨을 토해내며 낮은 목소리로 말했다. 그에게도 무열과의 동맹은 언제 깨져도 이상한 일이 아니었다.

'너는 뭐든지 빠르군. 전쟁도 책략도. 내가 예상하지 못한 속도로 말이야.'

그는 천천히 일어섰다. 그러고는 막사의 천막을 걷으며 앞으로 걸어 나갔다. 무거운 공기가 흐르던 그곳을 벗어나는 그의 뒤를 나머지 사람들도 따랐다.

휘이이이익…….

눈앞에 보이는 붉은 부족이 있는 숲 앞. 당장 진격을 해도 모자랄 판국에 휀 레이놀즈의 권세는 며칠째 제자리에서 멈춰 있었다.

"……."

이유는 바로, 숲 초입에 진지를 구축한 남자.

그는 남자를 향해 천천히 입을 열었다.

"베이 신———!!"

보란 듯이 팔짱은 낀 채로 눈앞에 서 있는 그를 바라보며 휀은 주먹을 꽉 쥐었다.

"우린 분명 강무열과 동맹을 맺었다. 어째서 너희가 우리를 막고 있는 거지? 이건 명백히 협정에 위반이 되는 행위다!!"

콰아앙—!!!!

마치 그의 일갈(一喝)을 묵살해 버릴 듯 베이 신의 발이 강하게 지면을 내려쳤다.

"그게 무슨 헛소리지?"

휀 레이놀즈를 바라보며 눈을 부라리는 그는 쯧— 하는 혀를 차는 소리와 함께 말했다.

"내가 강무열의 산하에라도 들어가 있다는 말이냐."

"……뭐?"

"난 한 번도 녀석에게 머리를 조아린 적 없는데."

"이…… 이익!!"

오히려 베이 신은 휀 레이놀즈를 향해 어처구니없다는 표정을 지었다.

"강무열이 널 트라멜에서 풀어주었다는 걸 이 대륙에서 모르는 사람이 있단 말이야!! 게다가 넌 그를 도와서 흑암과 싸웠지 않느냐!!"

옆에 서 있던 칸이 베이 신의 태도에 더 이상 화를 참을 수 없다는 듯 소리쳤다. 당장에라도 뛰쳐나갈 것 같은 모습에 알란이 조용히 그의 팔을 붙잡았다.

"상황에 따라 함께 싸웠을 뿐. 다시 한번 말하지만 난 녀석의 산하가 아니다. 기분 나쁘게 녀석과 나를 한꺼번에 묶어서 말하지 마라."

쩌렁쩌렁 울리는 칸의 목소리에도 불구하고 베이 신은 귀찮다는 표정으로 귀를 파던 손을 후— 하고 불면서 대답했다.

"말장난 따윈 집어치워!!!"

"큭……!!"

칸이 알란의 팔을 뿌리치며 한 발 더 앞으로 나갔다. 강권사로 전직을 한 그가 자신의 건틀릿을 사정없이 부딪히면서 소리쳤다.

"이……!! 약아 빠진 새끼!! 대장!! 제가 나가겠습니다. 저런 놈 따위 곤죽을 내주겠습니다."

"딱 봐도 네 녀석이군."

베이 신은 기다렸다는 듯 칸을 바라보며 말했다.

"강권사라……. 맷집 하나만큼은 대단할 것 같은데.

순간, 그의 양쪽 건틀릿에서 마치 희뿌연 연기가 스멀스멀 흘러나오더니 천천히 용의 형상을 띠기 시작했다.

"내가 꽤 재미있는 걸 얻어서 말이지."

"……!!!"

건틀릿을 착용하고 있었기 때문에 베이 신이 자신과 똑같은 권사라 치부했던 칸은 전혀 볼 수 없었던 힘에 놀라지 않을 수 없었다.

쿵— 쿵— 쿵—

"모두 물러서라."

베이 신이 한 걸음, 한 걸음 앞으로 걸어 나오자 그의 뒤에 서 있던 부하들이 일제히 한 치의 망설임도 없이 뒤로 물러섰다.

"한번 시험해 보고 싶었는데 마땅한 상대가 없어서 곤란하던 참이었단 말이지."

그가 천천히 힘을 끌어올리자 두 마리의 용의 형상이 점차 선명해지며 그의 팔에 문신처럼 스며들었다.

"이 싸움은 명백히 네가 나에게 건 것이다."

"……뭐?"

용상천공(龍狀天功).

필립 로엔을 창왕의 자리에 올라가게 만들어준 흑참칠식(黑斬七式)과 마찬가지로 그를 권성의 경지에 오르게 한 권법.

빨랐다. 전생에 비해서 훨씬 더.

베이 신은 휀 레이놀즈를 바라보며 천천히 이 상황이 재미있다는 입꼬리를 올리며 생각했다.

'강무열, 네가 알려준 이 힘에 대한 대가로 딱 한 번만 네가 원하는 대로 이용당해 주겠다.'

64장
현신(現神)

"여기서 칸 라흐만 아저씨를 다시 만나게 될 줄이야⋯⋯. 대장은 알고 있었어요?"

"그저 예상했을 뿐이다."

"허⋯⋯."

칸 라흐만이 떠난 막사 안에서 최혁수는 무열을 바라보며 말했다.

"이제는 네 차례지."

"네?"

"앞으로 우리가 해야 할 일들. 타투르를 얻는다 하더라도 아직 적의 세력이 감소한 것은 아니다. 이렇다 할 전쟁은 시작도 하지 않았으니까."

무열은 최혁수를 바라보며 말했다.

"너는 트라멜의 책사이다."

"……."

그가 생각했던 하오관의 공략과 더불어 중원인 타투르를 얻는 것까지는 처음부터 계획이 되어 있었던 일이었다.

하지만 문제는 그 뒤였다.

'타투르를 포함하면 북부 7왕국 중 이제 네 곳이다. 남은 세 곳을 얻어야 검의 구도자를 얻을 수 있는 진짜 퀘스트를 시작할 수 있다.'

무열은 회색 교장에서 만난 엘프인 위그나타르를 떠올리며 생각했다.

'인간계에 내려진 강력한 무구는 많다. 반궁 게르발트, 마도서 폴세티아, 정령 무구인 불타는 징벌과 무한의 숨결, 그리고 얼음발톱까지.'

하지만 그 어떤 무구도 검의 구도자(Seeker of the Sword)와 비교할 수 없었다.

유일무이한 SSS급 최강 무구.

'어째서 그것이 검의 형태냐라는 것에는 의견이 분분했다. 창, 권, 마법, 정령……. 세븐 쓰론에서 얻을 수 있는 많은 능력 중에 오직 검(劍)만이 그 절정에 오를 수 있다고 정해진 것 같으니 말이야.'

하지만 그에 대한 비밀은 밝혀지지 않았다.

'만약…….'

종족 전쟁에서 살아남았다면 그 이유를 알 수 있었을까?

'지금에 와서는 부질없는 생각일 뿐.'

만일에 하나 종족 전쟁에서 인간군이 승리하여 다시 현실로 돌아가게 된다면…….

'그게 검이든 아니면 다른 무엇이든 그딴 건 중요하지 않을 테니까.'

잠시 생각에 빠져 있던 무열은 최혁수가 자신을 바라보고 있다는 것을 깨달았다.

"미안, 내가 말을 시켜놓고 듣지를 않고 있었군."

"아니에요. 대장 말대로 우리가 중원을 얻게 되면 그때부터가 진짜 삼파전의 시작이겠죠. 휀 레이놀즈와 안톤 일리야, 두 사람 모두 결국은 각자가 노리는 세력을 흡수할 테니까요."

"왜 그렇지? 오크족은 그렇다 쳐도 휀 레이놀즈를 막고 있는 사람은 너도 아는 베이 신이다."

최혁수는 고개를 끄덕였다.

"맞아요. 휀의 입장에서 갑자기 튀어나온 베이 신의 등장은 속이 뒤집힐 일이겠지만……. 일단 병력에서부터 차이가 크죠. 휀이 이번 정벌을 위해 준비한 군대는 약 4,000명으로 알려져 있죠."

그는 붉은 부족이 있는 숲에 휀과 베이 신의 이름이 적힌 깃발을 놓으며 말했다.

"하지만 베이 신은 모든 병력을 다 합쳐도 3,000명 남짓. 아마 숲의 입구라는 지형적인 이점을 내세워도…… 아마 이틀이 고작이겠죠."

"그렇게 짧게? 생각의 폭을 넓게 해야 한다. 세븐 쓰론의 전투는 일반적인 숫자 싸움이 아닌 랭크라는 것이 포함되어 있으니까."

"알고 있어요. 그건 카나트라 산맥에서 라니온가(家)와 싸울 때 이미 충분히 느꼈는걸요."

무열은 최혁수의 대답에 살짝 눈썹을 씰룩이며 말했다.

"그걸 감안하고도 이틀이라고 본다는 말이지."

"네."

"그렇군."

그가 아무렇지 않게 고개를 끄덕이자 오히려 말한 최혁수가 당황한 듯 되물었다.

"그게 끝이에요?"

"음?"

"아니, 뭐……. 제가 이렇게 딱 말하면 그다음엔 이유라든지 설명이라든지 그런 거 하라고 해야 하는 거 아니에요?"

"물어보지 않아서 아쉽다는 거냐?"

"꼭 그런 건 아니지만……."

너무나도 쉽게 자신의 말을 믿어버리자 머쓱한 듯 최혁수는 뒷머리를 긁적였다.

"말해봐, 어째서 그렇게 생각했는지."

무열은 그런 그의 모습을 보며 천천히 입을 열었다. 기다렸다는 듯 아이처럼 들뜬 최혁수는 본격적으로 하려는 듯 지도를 새롭게 만들고는 휀 레이놀즈가 있는 곳을 확대하였다.

지이이이잉……!!

"단순히 휀과 베이 신, 두 권세의 대결이라면 꽤 오랫동안 이어질 수 있을지도 모르죠. 하지만 우리가 놓치고 있는 변수."

홀로그램처럼 지형의 모습이 입체로 생성된 지도 위에 최혁수는 또 하나의 깃발을 놓으며 말했다.

탁-!!

"바로 베이 신의 등 뒤에 있는 알라이즈 크리드. 그자가 휀을 도울 테니까요. 등 뒤에 적을 둔 형국이 된 순간 아무리 베이 신이라 할지라도 어쩔 수 없죠."

"왜 그렇게 단정 짓지? 그가 베이 신과 연합할 수 있다는 생각은 안 해봤나?"

"그럴 일은 없을 거예요. 그게 휀과 베이 신이란 사람의 결정적인 차이니까."

최혁수는 자신의 이야기를 흥미롭게 듣는 무열의 모습에 더욱 신이 난 듯 보였다.

전국(全局)을 보고 그것을 해석하며 자신의 의지대로 움직이는 것에 대한 즐거움.

'아직은 완성된 단계는 아니지만 서서히 그가 깨어나기 시작하는 건가.'

몇 년만 더 흐른다면…….

'그는 지금보다 더 뛰어난 책사가 되겠지. 곧 나를 뛰어넘을 것이다.'

종족 전쟁에 있어서 그의 역할은 무엇보다 중요해질 것이다. 무열은 그것을 알기에 단순히 이 전쟁에 이기기 위함이 아닌 훗날에 있을 대전쟁을 위해 그를 훈련시킨 것이다.

'세븐 쓰론에서 15년 동안의 경험 덕에 지금까지 내가 조금 그를 앞설 수 있었을 뿐이니까.'

"알라이즈 크리드는 자신의 권세로 세븐 쓰론의 이종족을 흡수할 정도 특이한 사람이에요. 휀 레이놀즈 역시 교단과 손을 잡았죠. 하지만 베이 신은 온전히 외지인들로만 권세를 구성했어요."

"으흠……."

"휀과 알라이즈는 알고 있을 거예요. 토착인을 완벽하게 배척하는 독불장군 같은 성격으로는 절대로 권좌에 오를 수 없다고."

최혁수는 무열을 잠시 바라봤다. 그 두 사람과 마찬가지로 자신이 모시고 있는 눈앞의 남자 역시 토착인과 외지인을 모두 수용하고 있으니 말이다.

"토착인만이 가진 힘이 있으니까. 하지만 지금쯤이면 알라이즈도 생각이 달라졌을 거예요. 오로지 토착인으로만 구성하는 것 역시 한계가 있다는 걸."

"……."

"이제 와서 다른 외지인을 흡수하려고 해도 위로는 휀이 앞으로는 베이 신이 있는 상황이니. 그렇다면 선택지는 하나죠."

무열은 최혁수의 말에 입꼬리를 천천히 올렸다.

"훌륭하군."

그의 예상대로다. 그건 전생(前生)에서도 마찬가지였다. 물론 지금처럼 베이 신의 방해는 없기도 하지만 휀은 큰 마찰 없이 알라이즈 크리드를 흡수했으니까.

'그가 만든 붉은 용 클랜이 화룡을 잡는 데 성공하면서 용군주란 이명을 얻게 되었다. 그 바람에 그가 딱 한 번 반란을 일으켰지만.'

그 결과는, 죽음으로 직결되었다.

'그 전까지는 휀의 든든한 오른팔로서 알라이즈 크리드가 맹활약을 했으니까. 현 상황이라면 두 사람의 동맹은 당연한 일.'

"휀이 알라이즈를 등에 업고 남하했을 때 루트는 두 가지. 용족을 향하느냐, 아니면 저희와 함께 안톤 일리야를 격파하느냐겠죠."

"으흠."

"아마도 그는 우리에게 안톤의 권세가 증가하는 것을 막아 달라고 하면서 용족을 흡수하려고 할 거예요. 누가 봐도 눈 가리고 아웅 하는 식이지만 그게 동맹의 맹점이죠."

최혁수의 말에 무열은 가볍게 입꼬리를 올렸다.

탁.

"그런 상황에서 우리가 타투르를 접수하고 난 다음에 노릴 수 있는 건 바로 이곳."

최혁수는 깃발을 움직였다.

"안톤 일리야의 세력을 막으면서 덤으로 우리의 영역을 넓힐 수 있는 최상의 요충지."

지도에는 세 개의 마크가 그려져 있었다. 무열은 그걸 바라보며 천천히 고개를 끄덕였다.

안토르 삼국(三國).

그곳은 다름 아닌 북부 7왕국 중 남은 3개의 가문이 모여 있는 연합국(聯合國)이었다.

"남부와 경계에 위치하고 있으면서 더불어서 정민지의 권세도 가까워서 서로를 견제하기에 최적의 장소죠."

"네 말이 맞다."

"문제는 역시 시간. 휀이 우리보다 더 빨리 남하할 수 있을 것이라고는 생각하지 않지만……."

"그건 걱정 마라."

"네?"

의심조차 하지 않고 확고하게 대답을 하는 무열의 모습에 최혁수는 살짝 놀란 표정을 지었다.

실제로 그는 출정 전에 미리 베이 신에게 훼의 시간을 벌어 달라는 제안을 했었다. 그러나 언제나 완벽한 법은 없는 일. 과거에 없던 변수인 그였기 때문에 만일에 하나 그가 자신의 생각과 달리 움직일 수도 있었다.

'베이 신이 내 마음대로 움직이지 않았더라도 훼이 알라이즈 크리드의 영입 이후 남하는 결코 순탄치 않았을 테니까.'

바로, 정민지라는 존재.

베이 신이 전생에 존재하지 않은 변수라면 정민지는 이미 무열이 알고 있는 전생에 존재하는 변수였다.

최혁수의 우려와는 달리.

'알라이즈 크리드를 영입한 뒤, 자연스럽게 정민지를 흡수 하려 했지만 완전히 잘못된 생각이었지.'

그녀 역시 권좌를 노리던 한 사람.

그녀의 용족은 절대로 그녀 이외의 다른 인간에겐 힘을 빌 려주지 않았다.

전생(前生)에서 자연스럽게 훼 레이놀즈가 정민지의 권세와 부딪히는 동안 남부 일대에 있던 안톤 일리야와 염신위는 자신의 세력을 키워갔다.

'문제는 지금 안톤 일리야의 세력을 저지할 염신위가 죽었다는 점.'

무열은 남부 일대가 그려져 있는 지도를 바라봤다.

'휀 레이놀즈가 정민지로 인해서 발이 묶여 있는 동안 우리는 빠르게 남하하여 안톤 일리야의 세력을 감소시켜야 한다.'

자칫 잘못하면 휀과의 경쟁에서 어부지리로 안톤 일리야의 세력만 커지게 하는 꼴이 날 수 있기 때문이다.

"대장의 말대로라면 한시름 놓을 수 있겠지만……. 어쨌든 아이러니하게도 가장 중요한 중원을 얻는 데 저희가 투자할 수 있는 시간이 많지 않다는 것이겠죠."

최혁수는 천천히 무열의 이름이 적힌 깃발을 아래로 내려보냈다.

"대장의 말대로 오크 로드라 칭해지는 보스머 카짓은 결국은 몬스터니까요."

"맞아. 휀의 문제가 해결된다 하더라도 안톤 일리야가 남아 있으니까."

무열은 고개를 끄덕였다. 자신의 예상대로 최혁수는 지금의 형국을 누구보다 가장 잘 생각하고 있었다.

또한.

"그러기 위해서 기다리는 게 지금이잖아요. 대장이 준비한 책략."

자신의 생각 역시 읽고 있었다.

"주군."

그때였다. 막사 밖에서 들려오는 오르도 창의 목소리.

최혁수와 무열의 눈이 서로 교차되며 두 사람은 천천히 고개를 끄덕였다.

"역시."

즐거운 듯 천천히 입꼬리를 올리며 최혁수는 살짝 입맛을 다시며 말했다.

설명을 들을 필요도 없었다.

무열은 걸어놓은 자신의 망토를 어깨에 두르며 말했다.

"곧 나가겠다고 전해라."

숲 안쪽.

오르도 창이 가져온 서신에는 이렇다 할 말 없이 지도 한 장만이 있었다.

'이런 곳이 있었군……. 이곳은 나도 처음 보는 곳인데. 수뇌부들만의 협의 장소였던 건가.'

타투르 운하가 있는 절벽을 내려가 별 하나 보이지 않는 울창한 숲의 갈림길을 몇 개나 지나간 뒤에야 도착한 공터.

'지도가 없으면 절대로 찾을 수 없을 것 같은 곳이군.'

도착한 장소를 한번 훑어보며 무열은 생각했다. 입구 이외에 다른 곳은 출구가 없었기 때문에 마치 카나트라 산맥에서 라니온 가문을 상대할 때의 동굴이 생각나는 모습이었다.

'일단 반응은 왔다는 건데. 과연…… 수잔 수아르가 내가 던진 미끼를 물었을지 아니면 반대로 나를 적으로 생각할지.'

만약 포위를 당하게 된다면 쉽사리 빠져나갈 수 있는 곳이 아니다.

'저 위에 병력을 포진시켜 놨다면 조금 골치가 아플 수도 있겠지만.'

무열은 천천히 눈을 감았다가 떴다. 약간의 시간이 흐르고 난 뒤에 그는 만족스럽다는 듯 천천히 고개를 끄덕였다.

"……."

이미 숲 주위로 천륜미의 갈까귀들이 포진하여 숨을 죽이고 은신해 있었기 때문이다.

'숨겨놓은 병력은 없다라……. 그럼 후자는 아니란 말인데.'

자신 혼자서도 문제가 되리라 생각하지는 않지만 만일을 대비해서 놓은 한 수. 무열은 어떠한 순간에도 결코 자만하지 않았다.

저벅− 저벅− 저벅−

그 순간, 입구에서 들려오는 발소리. 가벼운 여자의 것과 숙련된 병사들의 것이라는 걸 무열은 단번에 알아차렸다.

오뚝한 콧날과 짙은 눈동자. 어둠 속에서 서서히 모습을 드러낸 아리따운 미녀는 자신을 기다리는 무열을 바라보며 떨리는 목소리로 말했다.

그녀의 손에는 어젯밤 그가 칸 라흐만에게 건넨 기록서가 들려 있었다.

"당신…… 신의 사자라는 것이 정말입니까?"

전쟁을 앞둔 두 사람이었다. 자신의 나라를 침공하려 하는 무열에게 어째서 수장(首長)이라 할 수 있는 자가 이렇게 두려운 목소리로 말하는 것일까.

하지만 그건 수장 수아르의 뒤에 있는 병사들의 표정 역시 마찬가지였다.

"당신이 수장 수아르인가."

쿠웅−!!

무열이 한 발자국 앞으로 걸어 나왔다. 소리가 울린 탓에 소리는 몇 배로 더 크게 들려 자신도 모르게 그들이 움찔거리게 만들었다.

"반갑다."

무열은 천천히 미소를 보였다. 담담한 목소리와 자신을 향해 내민 그의 손을 보자 수잔 수아르는 마치 어깨가 짓눌리는 것 같은 느낌이 들었다.

그 순간, 무열의 등을 감싸고 있던 현신(現神)의 망토가 바람에 펄럭였다.

"이 책에 쓰여 있는 내용들과 당신이 나에게 전한 서신 속의 내용까지, 모두 사실인가?"

수잔 수아르는 딱딱한 표정으로 무열에게 말했다. 책 속에 어떤 내용이 있었기에 그녀가 이토록 긴장을 하고 있는 것인지 모르지만 그런 그녀와는 반대로 무열의 얼굴은 느긋했다.

"글쎄."

"……뭐?"

그의 대답에 수잔 수아르의 얼굴이 구겨졌다.

"나는 그저 기록서를 건넨 것뿐. 믿는 것도 믿지 않는 것도 네 몫이겠지."

무열은 천천히 주위를 둘러봤다.

"데려온 병력은 자유군 소속 호위 기사들뿐. 숫자는 모두 열 명이라……."

그러고는 그녀의 뒤에 있는 병사들을 바라보며 말했다.

"주위에 매복도 없고 따로 배치해 놓은 병력도 없다는 건 내 말을 믿는 쪽에 무게를 더 실었다고 봐도 괜찮을 것 같은데?"

수잔 수아르는 무열의 말에 냉소를 지었다.

"흥, 장소를 이쪽에서 정하라고 미리 일러둔 상황에서 트집 잡기 좋게 우리가 매복을 해놓을 리가 없잖아? 약삭빠르게 선수를 쳐 놓은 게 누군데."

무열은 입술을 씰룩이는 그녀를 향해 가볍게 웃었다. 그녀의 옆에 서 있는 칸 라흐만과 무열의 옆에 서 있는 최혁수만이 위태로운 줄타기를 하는 것 같은 두 사람의 대화에 긴장했다.

"이쪽에서 옴짝달싹 못 하게 만들긴 충분했지. 정보를 무기로 삼는 게 업이라지만 그 반대 입장이 되니 썩 기분이 좋지 않더군."

묘하게 수잔 수아르의 입꼬리가 올라갔다. 조금 전의 긴장 가득한 얼굴이 아니었다.

"뭐…… 그게 나쁘진 않아."

그러고는 무열에게서 눈을 떼지 않을 채 말했다.

"그러니 이제 그쪽이 물리는 게 어때? 주위에 배치해 놓은 암살자들."

"……!!"

"……!!"

수장 수아르의 한마디에 칸 라흐만과 최혁수는 너무 놀란 나머지 감정을 숨기지 못했다. 아차 싶어 입을 가렸지만 이미 늦었다.

그러나 놀란 두 사람과 달리 무열은 천천히 고개를 끄덕였다.

"역시…… 타투르의 여제답군."

보통의 토착인이라면 뛰어난 몇몇의 강자를 제외하고 은신 스킬을 가진 외지인들의 매복을 쉽사리 알아차리지 못할 것이다.

하지만.

스으윽.

수잔 수아르의 뒤에 있던 호위 기사 중 한 명이 투구를 벗었다.

까무잡잡한 피부에 짙은 검은 눈동자. 어깨까지 기른 곱슬머리는 잘못하면 지저분해 보일 수도 있었지만 묘하게 자유분방함이 느껴져 남자와 어울렸다.

'안슈만 쿠마르.'

타투르 자유군의 단장이자 자신들과 마찬가지로 징집된 외지인. 즉, 그 역시 스킬(Skill)을 가지고 있다. 그것도 아주 뛰어난.

"다들 은신 숙련도가 꽤 높군. 모두 2차 전직을 끝낸 암살 클래스인 것 같은데. 이 정도의 수를 모으는 것도 쉬운 일이 아닌데……. 역시 북부 패자 중에 하나군."

"그런 은신을 단번에 알아차리다니. 칭찬을 들어도 마냥 기쁜 일은 아니군, 안슈만 쿠마르."

"……!?"

무열이 자신의 이름을 부르자 짐짓 놀란 표정을 짓던 그는 이내 곧 낮은 한숨을 내쉬었다.

"이거야 원…… . 나름 회심의 수였는데, 당황하기는커녕 이미 알고 있었나? 트라멜의 정보력도 무시할 수가 없군."

"수잔 수아르의 호위 기사 모두가 외지인이란 걸 알고 있었으니까."

미래를 알고 있고 전생에 겪었던 일이기 때문이라는 설명은 필요 없다. 굳이 어떻게 알고 있었냐는 중요하지 않으니까. 그들에게는 이미 알고 있다는 사실 하나만으로도 훌륭한 카드가 되기 때문이다.

스윽- 스스슥---

공터의 주위에 바람이 흔들리는 소리가 들리더니 이내 곧 어둠 속에서 모습을 드러내는 사람들.

복면으로 얼굴을 가리고 있는 천륜미를 비롯해서 그녀의 갈까마귀들이 무열의 뒤에 나타났다.

"기분 나빠 하진 말길. 일종의 시험 같은 거니까. 우리가 가진 패를 보여줬으니 그쪽도 우리와 함께할 만한 사람들인지 말이야."

"암살자를 포진해 놓은 게 우리의 실력을 보기 위함이다? 말은 잘하는군."

무열은 안슈만의 말에 쓴웃음을 지었다.

"단도직입적으로 말하지. 그 기록서에 적혀 있는 내용에 대해서 말이야."

무열은 처음부터 이 이야기를 그들에게 해야 한다고 생각했다. 나락바위에서부터 마법회를 거쳐 기록서를 완성하고 그 안에 내용을 확인했을 때부터.

이유?

간단하다. 그는 이 책의 내용에 대해 알릴 사람은 누구보다 수잔 수아르가 적임자라고 생각했기 때문이다.

'토착인임에도 불구하고 외지인을 수용하는 유일한 사람. 그녀는 대륙에서 그 어디에도 얽매이지 않고 유일하게 현실을 바라보는 사람이니까.'

"종족 전쟁(種族戰爭)."

그때였다. 로안의 기록서에 담겨 있던 내용을 말한 것은 무열이 아닌 수잔 수아르였다.

모두가 그 내용의 의미를 알지 못해 고개를 갸웃거릴 때, 칸라흐만만큼은 떨리는 눈동자로 마른침을 삼켰다.

"그걸 지금 나보고 믿으란 말인가?"

무열은 수잔 수아르를 향해 담담한 목소리로 말했다.

"믿기 어려운 일이겠지만 종족 전쟁은 일어난다. 그리고 이건 나 역시 믿기 어려운 일이었지만…… 종족 전쟁은 그 이전부터 존재했었던 일이다."

오르도 창을 만났을 때 있었던 벽화(壁畵). 토착인만이 알고 있는 역사. 그리고 그 역사의 증거인 기록서까지.

무열은 혹시나 하고 있었던 생각이 불안한 현실로 다가왔음을 느꼈다.

처음이 아니었다.

신의 장난, 혹은 신의 유희.

이미 과거에도 한 차례, 아니, 그 이상 이와 같은 일이 있었다.

그는 수잔 수아르가 들고 있는 기록서를 가리키며 말했다.

"기록서는 절대로 너희를 속이기 위해 만든 것이 아니다. 만능처럼 보이지만 우리는 우리 나름대로의 제약이 있으니까. 조건을 만족하지 못하면 책을 읽을 수도, 열어볼 수도 없다. 하지만 그 말은 반대로 그 완성본이 진짜라는 것을 의미하지."

그녀는 자신의 옆에 서 있는 안슈만을 바라보자 그가 대답 대신 천천히 고개를 끄덕였다. 확실히 수잔 수아르에게는 보이지 않지만 그에게는 로안의 기록서에 대한 설명이 명확하게 보였기 때문이다.

아이템(Item). 그보다 확실한 증거는 없었으니까.

"또한⋯⋯."

무열은 뜸을 들이지 않고 말을 이어갔다.

"낚시꾼의 말이라면 믿겠지. 칸 라흐만, 당신이 그동안 본 것들에 대해서 그녀에게 얘기해 주었으면 좋겠군요."

끄덕.

칸 라흐만은 이미 기록서를 건넬 때 자신이 알고 있는 것을 그녀에게 얘기했다. 그리고 그건 수장 수아르의 알고 있다는 표정만 봐도 무열은 충분히 예상할 수 있었다.

"선대부터 쭉 이어온 낚시꾼과 타투르 간의 신뢰를 걸고 교단과 엘프가 손을 잡았다는 것에 맹세를 하네."

"……."

침묵이 흘렀다. 그만큼 무거운 이야기였다.

"트라멜을 침공했던 악마군을 비롯해서 현재 세븐 쓰론에 각 차원의 종족들이 이미 그 세를 넓히고 있다. 그리고 그것을 막을 수 있는 자는 오직 당신뿐이다. 내게 이 말을 하고 싶은 건가?"

"꼭 나라고 단정하진 않는다. 하지만 그들을 좀 더 알고 좀 더 이 전쟁에서 살아남을 수 있는 방법을 아는 사람이 나라고 생각할 뿐."

무열은 천천히 그녀를 바라봤다.

"그러기 위해선 타투르의 힘이 필요하다."

"우리가 어떻게 당신을 믿지? 타투르를 노리는 사람이 한둘이 아니라는 걸 알 텐데. 그들 역시 당신의 권세에 뒤처지지 않는다."

"그 말은 내 힘을 증명하라는 뜻인가?"

"······당신이 할 수 있다면."

화르르르륵———!!!!

그 순간, 무열의 등 뒤에서 푸른 불꽃이 피어오르기 시작했다. 일반적인 불꽃이 아닌 겉이 푸른 불꽃을 바라보며 최혁수는 딱 한 번 저것과 비슷한 것을 본 적이 있다는 걸 떠올렸다.

'저건······ 분명.'

린화(燐火).

그 누구도 사용할 수 없으며 오직 신수만이 사용할 수 있다고 전해지는 도깨비불.

외지인인 안슈만과 달리 수잔 수아르는 그 불의 정체를 알고 있었기 때문에 그 존재의 무게가 얼마나 대단한 것인지 실감하고 있었다.

'정말······ 강무열이 신의 대리자란 말인가? 대륙에 존재하는 교단은? 오직 신탁에서만이 신의 행함을 알 수 있는 게 아닌가?'

그녀의 머릿속이 복잡해졌다.

"간단하군."

무열은 담담한 목소리로 대답했다. 화를 낼 줄 알았던 예상과 달리 오히려 당연하게 고개를 끄덕이며 인정하는 그의 모습에 수잔 수아르는 놀란 표정으로 그를 바라봤다.

"그러기 위해 널 불렀으니. 더 이상 인간의 영역에서 강함은 중요하지 않다. 우리끼리 싸우는 것으로 전쟁은 끝나지 않으니까. 나는 그들보다 조금 더 앞서 있고 앞으로도 그러할 것이다."

무열의 등 뒤에서 불타오르는 린화는 마치 그를 잡아먹을 듯 전신을 휘감았다. 그러나 불꽃은 놀랍게도 그의 주위를 감쌀 뿐이었으며 서서히 갈라지더니 그의 양어깨에서 점차 형상을 갖추기 시작했다.

현신(現神)의 망토.

무열이 처음 동전을 던져서 이것을 얻게 되었을 때만 하더라도 휀 레이놀즈에게 말했던 것과는 달리 머릿속이 복잡했다.

잠깐의 시간 동안 신의 반열에 오른 존재들의 힘을 사용자에게 깃들게 할 수 있다.

사용자의 능력에 따라 반신(半神)의 영역까지 도달할 수 있다고 알려져 있다.

그 힘은 오직 자신에게 허락된 존재의 힘에 한해서만 가능하지만 사용자의 능력이 계약된 존재의 힘을 압도할 경우, 그의 의지와 상관없이 힘을 사용할 수 있다.

망토에 적혀 있는 설명은 이게 끝이었다.

[지속 시간 : 3분]

짧다면 짧고 길다면 긴 시간.

'울부짖는 고원의 정기'의 지속 시간이 고작 1분인 것을 생각하면 망토의 활용은 정말로 무궁무진할 수 있다.

하지만 문제는 따로 있었다. 세븐 쓰론에서 인간과 관련된 신은 오직 하나, 자신들을 이곳에 데려온 락슈무뿐이었기 때문이다.

힘을 얻기 위해 주신과 계약한다?

그것만큼은 절대로 있을 수 없는 일이었다.

'지구로 돌아가는 것이 가장 중요한 목적임은 틀림없다. 하지만…… 그 빌어먹을 녀석의 목에 검을 박아 넣기는커녕 오히려 도움을 받는 것은 용납할 수 없는 일이다.'

그 순간, 무열은 망토의 설명을 읽던 중 흥미로운 발상을 하게 되었다.

[이런 식으로 나를 부를 줄은 상상도 하지 못했군. 쿤겐, 너는 싫지만 이 아이는 재밌는걸.]

[닥쳐. 나 역시 너와 함께 힘을 섞는 지금이 결코 좋지 않으니까.]

무열의 머릿속에 들려오던 익숙한 목소리 속에서 날카로운 여자의 목소리가 함께 들렸다.

[훗…… 한 명도 아닌 두 명의 정령왕의 힘을 합칠 줄이야. 어떻게 이런 일이 가능하지? 이건 단순히 저 망토의 힘만으로는 불가능한 일인데.]

그의 등 뒤, 불꽃이 만들어낸 형상.

왼쪽 어깨를 지그시 누르듯 감싸고 있는 한 여인과 팔짱을 낀 채로 허리를 꼿꼿하게 세운 한 남자의 모습이 무열을 감싸고 있었다.

[평범한 인간이라면 불가능하겠지. 하지만 그는 영혼의 힘을 다룰 수 있을뿐더러 서로 다른 힘을 융합할 수 있는 능력까지 있다.]

세븐 쓰론에서 각각의 아이템과 스킬에 적용되어 있는 설명은 절대적이다. 절대로 바꿀 수도 없으며 규율처럼 따라야 한다.

하지만 절대적인 규율과 같은 이것에도 맹점은 있었다. 무열은 그것을 파고들었다.

현신(現神)의 망토. 짧은 시간이지만 자신의 몸에 신의 힘을 깃들게 할 수 있다.

'하지만 그 신의 숫자가 하나인지 둘인지는 적혀 있지 않다.'

물론, 망토를 통해 둘을 동시에 현신한다 하더라도 평범한 육체로 신급(神級) 존재인 정령왕을 강림시킨다는 건 절대로 불가능한 일일 것이다.

하지만 그는 자신이 가진 또 다른 힘을 통해 강맹한 정령왕들의 힘을 중화시켰다.

바로, 마력정기(魔力精氣).

서로 다른 힘을 중첩할 수 있다. 그것이 마력이든 암흑력이든 그 종류는 상관없다.

'그 말은 곧, 이 힘을 통해서 물의 힘과 뇌격의 힘 역시 합치지 못할 이유가 없다는 뜻이기도 하다.'

그리고…… 마지막으로 영혼력(靈魂力).

마법도 주술의 영역도 아닌 사념(思念)의 영역에 존재하는 히든 스테이터스.

이것은 육체가 없는 정령왕들의 힘이 흐트러지지 않게 묶어놓는 매개체가 되었다.

현신의 망토를 얻는 순간, 그의 머릿속엔 이 모든 것이 하나하나 계획되었다.

그리고 지금, 그의 예상대로 비록 완벽하지는 않지만 그것을 통해 얼음발톱에 봉인되어 있던 에테랄까지 깨워낸 것이다.

[그래, 지금의 너라면…….]

쿤겐은 자신과 에테랄을 다루는 무열의 모습을 바라보며 나지막한 목소리로 말했다.

[반신(半神)이라 불러도 손색이 없겠지.]

"이게…… 어떻게……."

이미 사라졌다고 알려져 있던 정령왕의 현신.

수잔 수아르는 믿을 수 없다는 표정으로 무열을 바라보았다.

'나락 바위의 봉인이 사라졌다는 소문이 있었는데 그게 사실이란 말인가? 그걸 저자가…….'

눈앞의 쿤겐의 모습을 보면서도 그녀는 자신의 눈을 의심했다.

'뛰어난 검사라는 건 자명한 사실. 게다가 마력을 쓸 수 있다는 것도 알고 있었다. 하지만…….'

정령왕의 힘이라니.

그것도 하나가 아닌 둘이었다. 비록 망토를 통한 일시적인 소환에 불과하다고 할 수 있지만 중요한 건 그가 들고 있는 두 자루의 검이었다.

정령 무기(精靈武器).

봉인된 그 자체로도 엄청난 위력을 가진 무구.

수잔 수아르는 살짝 입술을 깨물었다.

'그 어떤 신의 축복을 받은 자이기에 이토록 많은 능력을 홀로 가질 수 있다는 말이지.'

츠즉…… 츠즈즈즉……!!

콰드드득……!!

[오랜만이군. 정말로. 이토록 요동치는 힘을 느껴보는 것이

말이야.]

　[인간의 것이라고는 믿어지지 않겠지.]

　[그래, 마치…….]

　에테랄은 자신의 팔을 들어 보이며 생각에 잠긴 듯한 말을 했다.

　[정령계에 있는 착각이 들 정도로 엄청난 마력이야.]

　그저, 세상의 공기를 느낄 수 있는 시간이 고작 3분밖에 되지 않는다는 것이 안타까울 뿐이었다.

　[에테랄, 어쩌면 그에게 있어서 우리는 그저 지나가는 하나에 불과할지도 모른다는 생각이 든다.]

　[그게 무슨 뜻이지?]

　[비록 제한 시간이 있다 하지만 녀석은 봉인되어 있는 우리를 소환하는 데 성공했지. 그 말은 곧, 다른 존재도 현신하는 것이 가능할 것이라는 말이다.]

　쿤겐은 천천히 걸음을 걷는 무열에게 들리지 않도록 오직 정령들만이 들을 수 있는 정령어로 그녀에게 말했다.

　[그래서?]

　[상상해 보거라. 녀석이 언젠가 정령술을 배우게 된다면 우리를 소환하는 것은 군이 저 망토가 없어도 가능한 일.]

　쿤겐은 처음으로 전율을 느꼈다. 억겁에 가까운 시간을 보내 이제는 잊었던 감정이었다.

[녀석이 과연 몇 명의 존재를 자신의 몸 안에 새겨 넣을 수 있을까.]

[…….]

[너와 나를 제외하고 남은 3대 정령왕과 2대 광야뿐만 아니라 이곳엔 필적하는 다른 존재들도 있다.]

에테랄은 쿤겐의 말에 황급히 고개를 돌렸다. 오로지 물로만 형성되어 있는 그녀의 육체였기에 투명한 얼굴에서 완벽한 표정을 읽을 수는 없었지만 전신에서 느껴지는 기운만큼은 확실히 알 수 있었다.

[설마…… 너, 균열 속을 말하는 거냐.]

[어쩌면.]

[네가 인간계에 있다 보니 도를 넘어섰구나. 본디 정령이란 존재가 어찌……!!]

쿤겐은 그녀를 바라보며 쓴웃음을 지었다.

[이미 녀석은 타락(墮落)을 만났었다. 그리고 제압했지. 놀랍게도 말이야. 나는 그걸 두 눈으로 보았다. 너도 기억하겠지. 너희들이 신의 명에 따라 나를 봉인할 때 너희들을 도왔던 마법사들.]

[…….]

[불멸회. 그들이 균열의 권속을 부리더군. 그들의 정상에선 강무열이 하지 못할 이유도 없다. 어쩌면 그는 가능할지도

모르지. 타락(墮落)의 끝에 선 존재를 자신의 권속 아래에 두는 게.]

절대적인 암흑. 아니, 무(無).

그것은 언데드도 그렇다고 생명체도 아니었다. 아주 특별하면서도 추악한 존재.

[인간이 가능한 일이 아냐.]

[그건 모르지.]

[어째서 확신하지?]

[글쎄…….]

쿤겐은 애매모호한 답과 함께 가볍게 웃었다.

[그리고 너희는 나를 그 타락과 같은 취급을 했지 않느냐. 순수한 원소가 아닌 나는 여러 개의 힘을 가진 유일한 존재였으니까.]

쿤겐의 말에 에테랄은 아무런 말을 하지 않았다. 확실히 그랬으니까.

[걱정 마라. 너희를 탓하려는 것이 아니다.]

처음일 것이다. 아니, 확실히 처음이었다. 이토록 무언가에 순종하는 쿤겐의 모습은.

에테랄은 믿을 수 없다는 얼굴로 그를 바라봤다.

[단지 내가 하고자 하는 말은, 나와 함께하고 있는 강무열이란 인간이 신에게 영향을 줄 수 있는 모든 변수를 가질 수

있는 자라는 뜻이니까.]

쿤겐의 이 한마디로.

[녀석을 도와줘라, 해일의 여왕이여.]

그가 원하는 것이 무엇인지 에테랄은 직감할 수 있었다. 그렇기 때문에 그녀는 고개를 가로저으며 말했다.

[거기까지.]

인류가 세븐 쓰론에 징집되기 이전 락슈무에게 유일하게 대적했던 존재는 쿤겐뿐이었다. 그리고 그를 봉인하는 것을 도운 다른 정령왕들은 봉인되었거나 소실되었다.

그녀 역시 알고 있다. 자신들이 신에게 배신당했다는 것을. 아니, 쿤겐의 일은 허울 좋은 핑계일 뿐. 애초에 신은 그들을 그냥 두지 않으려 했던 것일지도 모른다.

[신에게 대항할 수 있는 것은 아이러니하게도 신이 아닌 존재. 강무열이란 존재가 우리뿐만 아닌 종족을 뛰어넘어 타락(墮落)조차 다룰 수 있는 중심이 된다면…….]

그가 하려는 말. 그 역시 에테랄은 알고 있었다.

[다시 한번 신에 대적할 수 있을지 모른다.]

[…….]

마력을 집중하고 있는 무열의 모습을 바라보며 에테랄은 쿤겐의 말에 아무런 대꾸도 하지 않았다.

확실히 대단한 일이다. 인간의 몸으로 정령왕을 현신하게 만들었으니. 뿐만 아니라 엄청난 정신력이 필요한 이 순간에서도 그는 끝까지 여유로움을 잃지 않았으니까.

아니, 잃지 않으려 했다. 지금은 그 누구보다도 절대적인 힘을 보일 필요가 있기 때문이었다. 흐트러지는 약한 모습은 절대로 보일 수 없다.

[녀석은 때때로 나를 깜짝 놀라게 한다. 우습게도 억겁의 시간을 보낸 나조차 설마라는 불확실한 가능성에 기대를 가지게 하니까.]

툭.

쿤겐이 무열의 어깨에 손을 얹었다. 그의 전신을 모두 덮을 수 있을 만큼 거대한 손바닥이었지만 쿤겐은 처음으로 자신의 계약자를 직접 만져 보는 순간이라는 생각에 들떠 있는 모습이었다.

[이봐, 시간이 없다.]

그러고는 입꼬리를 올리며 무열에게 말했다. 마치 나락바위에 군림하던 우레군주의 모습으로 돌아온 것 같은 느낌이었다.

[보여줄 거라면 확실하게 보여주도록 해라. 너의 힘에 대해 그 어떤 의심도 하지 못하게.]

"알고 있다."

무열은 천천히 고개를 끄덕였다. 점차 휘몰아치는 쿤겐의 힘을 받아들이며 그는 지속 시간을 나타내는 숫자가 계속해서 줄어드는 것을 확인했다.

'남은 시간은…… 대략 1분. 나답지 않게 시간을 꽤 허비했다.'

물론 그가 쓴 시간이 낭비는 절대 아니라는 걸 무열은 잘 알고 있었다.

그 순간, 반대쪽 손에서 느껴지는 냉기.

에테랄의 힘이 오롯하게 전해지자 그는 자신도 모르게 엷은 미소를 지었다.

[일단…… 이번 한 번뿐이다.]

무열은 자신을 바라보는 수잔 수아르를 향해 말했다.

"종족 전쟁에서 인류가 살아남기 위해서 나는 질 수 없다. 나는 권좌에 오를 것이다."

"……."

"그리고 수잔 수아르. 나는 대륙 전역에 내 말을 전할 수 있는 타투르의 힘 역시 필요하다."

그는 천천히 손을 들어 올렸다. 어쩌면 이것이 마지막 권유의 손일지 모른다.

"홋…… 당신, 북부 7왕국의 역사가 얼마인지 아나?"

하지만 그 순간, 수잔 수아르는 차가운 눈으로 그를 바라봤다.

"확실히 당신이 보내온 이 기록서, 북부 7왕국이 존재하기 훨씬 이전에 만들어진 것이야. 하지만 과거는 과거. 수백 년의 세월 동안 북부 7왕국은 존재했었다. 너희들 외지인이 징집되면서 그 역사가 엉망이 되었지만."

"하고 싶은 말이 뭐지?"

자신을 향해 차갑게 말하는 무열을 보며 수잔 수아르는 이를 악물었다.

"그 오랜 세월 동안. 정령왕의 힘을 빌린 자가 없었을 것이라고 생각하는가? 타투르는 나의 왕국이다. 아니, 우리가 세운 왕국이다. 수백 년을 지켜온 이곳은 단순히 몇 마디에 넙죽 내놓을 만큼 난 어리석지 않다는 뜻이다!!!"

그녀의 외침이 주위를 울렸다.

"그렇군."

"번슈타인 가문도 라니온 가문도 무슨 생각으로 너에게 이토록 쉽게 자신의 병력을 내어준지 모르겠지만……."

그녀는 자신의 허리춤에 있는 검을 뽑았다. 가녀린 팔과 달리 그녀가 쓰는 브로드 소드는 놀라울 정도로 유려한 궤도를 타고 움직였다.

"나는 절대로 너에게 타투르를 내어줄 수 없다."

그때였다.

휘이이익……!!

차가운 공기가 지나갔다. 마치 죽음이 스쳐 지나가는 것 같다. 무열은 수잔 수아르를 향해 쓴웃음을 지었다.

"여제여."

콰아아아앙———!!!!

그 순간, 그의 등 뒤에서 뿜어져 나오는 냉혹한 차가움과 쓰라릴 정도로 뜨거운 뇌전의 불꽃이 피어올랐다. 망토의 시전 시간이 끝났음에도 불구하고 전신에서 피어오르는 아우라는 사라지지 않았다.

"……!!!"

수잔 수아르를 비롯해 타투르의 병사들은 다가갈 수 없을 정도로 강렬한 그의 기세에 경악하지 않을 수 없었다.

"이…… 이게 무슨……!"

처음에는 흐릿하게 보였던 두 정령왕의 모습이 점차 선명하게 보였다. 무열의 왼쪽 어깨를 지그시 누르며 감싸는 에테랄과 그 반대편 뒤에 선 거대한 쿤겐의 모습은 마치 타투르의 병사들을 당장에라도 잡아먹을 듯한 기세였다.

"위…… 위험……!!"

안슈만 쿠마르는 그 힘을 자신이 막아낼 수 있는 것이 아님을 직감했다.

수잔 수아르의 앞을 막아서며 그는 황급히 소리쳤다.

콰아아아앙……!!!

하지만 그의 말은 끝까지 이어지지 못했다. 그의 목소리를 강렬한 폭음이 집어삼켰기 때문이다. 피부를 뚫고 느껴지는 저릿저릿한 느낌에 안슈만 쿠마르는 본능적으로 검을 뽑았다.

"……."

하지만 자신들을 내려다보는 정령왕들을 보며 승산이 없다는 것을 이미 알았다. 무열의 주위를 흐르는 강력한 마력의 폭풍이 점차 기세를 더해 휘몰아쳤다.

[정말…… 인간의 몸으로 정령왕의 힘을 하나도 아니고 둘이나 그대로 받아들이다니……. 기가 찰 노릇이로군.]

솔직히 말해서 반신반의하며 빌려준 힘이었다. 그러나 에테랄은 아무런 부하도 없이 마치 스펀지가 물을 흡수하듯 자신들의 힘을 자연스럽게 받아들이는 무열을 보며 놀라지 않을 수 없었다.

[말했잖아. 저 녀석은 보통이 아니라고. 오히려 잡아먹히지 않도록 조심해라.]

[흥…….]

이미 예상한 듯 팔짱을 낀 채로 무열을 바라보는 쿤겐과 달리 에테랄은 그의 말에 심술궂은 표정으로 입술을 씰룩거렸다.

"나는 한 번도 쉽게 무언가를 얻어본 적 없다."

무열은 수잔 수아르를 향해 고개를 끄덕이며 담담한 목소리로 말했다.

그의 손에 들린 두 자루의 검. 왼손의 얼음발톱과 오른쪽의 뇌격이 번쩍이며 빛을 뿜어냈다.

저벅– 저벅– 저벅–

무열이 걸음을 내딛는 순간, 타투르의 사람들은 자신도 모르게 그의 걸음에 맞추어 뒤로 물러서고 말았다.

"하나."

막다른 벽.

이내 그들은 더 이상 도망칠 곳이 없다는 것을 느꼈다. 그때 무열은 그들을 향해 천천히 말했다.

"얻지 못한 적도 없다."

65장
타투르 공방전

　"신이시여……."

　대륙을 관통하는 엄청난 빛이 솟구쳐 올랐다. 차가운 냉기와 뜨거운 열기가 합쳐진 폭발은 대륙의 중심인 타투르에서 일어났다. 그 광경을 본 사람들은 신의 힘을 목격한 것처럼 기도하는 것 이외에 다른 것은 할 수 없었다.

　북부 일대, 붉은 부족의 거처가 있는 숲.

　"미쳤군……."

　"저게 설마 강무열 혼자만의 힘은 아니겠지."

　"개인의 것이든 권세의 것이든 중요한 건 그자가 완전히 작정을 했다는 것이겠지."

푸른 화염이 일렁이는 폭발은 멀리 떨어진 휀의 막사에서도 육안으로 확인할 수 있을 정도였다.

"보고는 어떻습니까?"

"없다. 선발대만 먼저 움직인 모양인 듯싶다. 확실한 건 강무열이 수장 수아르와 만났다는 것이고 저 폭발은 결코 그들의 회담이 제대로 이뤄지지 않았다는 것 의미하겠지."

"아시다시피 타투르에는 단순히 토착인만 있는 게 아닙니다. 저희와 같은 외지인들도 있죠."

케니스는 지도를 펼쳤다.

"지금까지와는 전혀 다른 전쟁의 양상일 것입니다. 강무열이라 할지라도 결코 쉽사리 그곳을 얻지 못할 겁니다."

"이왕이면 피해가 크면 좋을 텐데 말입니다."

앤섬 하워드의 말에 휀 레이놀즈는 가볍게 웃었다. 애초에 그런 요행을 바라는 사람이 아니라는 것을 그는 잘 알고 있었기 때문이다.

"생각보다 시간이 지체되었어."

"베이 신이 가로막을 것이라고는 생각하지 못한 일이니까요."

"그렇지."

휀 레이놀즈는 자신의 왼쪽 뺨에 난 상처를 잠시 손등으로 만졌다. 그뿐만 아니라 3대장도 성한 모습은 아니었다.

꽤 격렬했던 전투. 강무열과 안톤 일리야와의 각축전이라고 생각했지만 확실히 베이 신이란 존재를 쉽게 볼 순 없었다.

"하지만 제아무리 강무열이라 할지라도…… 이 일까지 예상하진 못했을 겁니다."

"훗…… 그렇겠지."

앤섬 하워드의 말에 휀은 고개를 끄덕였다.

막사 안에 있는 또 다른 한 사람. 새하얀 터번을 쓰고 부리부리한 눈을 가진 남자는 확실히 휀의 권세와는 이질적인 느낌이었다.

그는 다름 아닌, 알라이즈 크리드였다.

"베이 신과의 일전에서 받은 도움에 감사를 표한다."

"별것 아니었다. 어차피 전투는 그쪽에서 모두 했는걸. 단지 우리는 약간의 위협을 주었을 뿐."

그는 휀을 향해 말했다.

"타투르에서 전투가 벌어졌다면 분명 그만큼 병력도 감소했을 터. 당신과 나의 권세라면 강무열도 잡을 수 있다. 어떻게 생각하지? 이참에 그를 제거하는 것은."

"아니, 아직은 시기상조(時機尙早)입니다. 아직 남부에 주둔하고 있는 안톤 일리야의 세력이 강합니다. 강무열을 제압하는 것이 불가능한 일이 아니더라도 우리가 서로 붙게 되면 피해는 어쩔 수 없는 일."

"그 틈을 분명 안톤은 놓치지 않고서 남아 있는 권세를 노릴 겁니다."

휀 레이놀즈 대신 앤섬과 케니스가 대답했다. 두 명의 책사(策士)를 번갈아 가며 바라보던 알라이즈는 입술을 씰룩이며 고개를 끄덕였다.

"흐음…… 그럼 어떻게 할 생각이지?"

"물론, 저희들은 타투르로 향할 겁니다. 먼저 알렸다시피 강무열과 동맹 체제니까요."

"너무 위험한 것 아닌가?"

"걱정 마십시오. 섣불리 저희와 전투를 벌일 정도로 어리석은 자도 아니고 그도 분명 안톤 일리야의 존재를 의식하고 있을 테니까요."

알라이즈 크리드는 앤섬의 말에 피식 웃었다.

"우습군. 이거야말로 서로 칼을 숨기고 연극을 하는 모습이니. 강무열도 너도 참……."

하지만 이내 곧 그는 어깨를 들썩이며 빠르게 지금 상황을 납득했다.

"그렇다면 나는 검은 이빨 녀석들을 마무리 짓는 게 나을지도 모르겠군. 용암지대에 있는 4개 부족 중에 아직 녀석들만이 내 권세에 들어오지 않았으니."

"나쁘지 않군."

"이렇게 너와 또 만나게 될 줄은 몰랐는데 말이야. 인연이란 게 참 기묘하군."

"나 역시 그렇게 생각한다."

휀은 자신의 뺨에 난 상처에 약을 바르는 부하를 물리며 말했다. 탁자에 놓인 식어버린 차를 단숨에 마셨다.

"이건 도박이다. 나는 너라면 분명 나를 살아 돌아가게 해줄 것이라 생각하니까."

"……."

"돌아가게 되면 앞으로 있을 우리 회사와의 M&A에 대해 좋은 관계가 되었으면 좋겠군."

휀 레이놀즈는 그의 말에 옅은 미소를 지었다. 이미 둘은 현실에서도 안면이 있었다. 5개국에 회사를 두고 있는 타고난 사업가이자 자산가였다. 아니, 그는 도박꾼이다.

"기억하지."

휀을 보자마자 이렇다 할 반항 없이 순순히 자신의 세력을 넘겼을 정도니까. 이미 그는 돌아갈 수 있다는 확신을 가지고 '휀'이라는 판에 모든 것을 걸었다.

"저 정도 폭발이면…… 어쩌면 타투르가 사라졌을 가능성도 있겠군요."

"거리가 멀어 정확한 위치는 살피기 어렵다. 전장(戰場)이 인공 섬이 아닌 벗어난 지역이라면 도시 자체는 무너지지 않았 겠지."

"저희가 도착했을 때 부디 폐허가 반기지 않으면 좋겠 군요."

"폐허라……."

휀 레이놀즈는 앤섬 하워드의 말에 가볍게 웃었다.

"그건 그것대로 나쁘지 않지. 모든 게 사라진 공터에서 할 수 있는 건 그다지 많지 않지. 주인이 있다 한들 주인이 없는 것과 매한가지."

그의 눈빛은 아직 포기하지 않고 있었다.

"같은 전장에서 싸운다면 우리는 절대로 강무열에게 지지 않는다."

그의 말에 3대장을 비롯한 수뇌부들은 천천히 고개를 끄덕 였다.

남부 일대.

"후우…… 힘들었군."

"그러게 말입니다, 형님. 생각보다 시간이 걸렸습니다."

"네놈들이 돕지 않아서 그렇잖냐."

"크크…… 고작 오크족 족장이라고 한 사람이 누굽니까?"

"빌어먹을……. 이런 놈일 줄 누가 알았나."

머리는 그대로 남기고 거대한 샤벨리거의 가죽을 벗겨 만든 망토를 뒤집어쓰고 있는 남자는 자신의 주위에 있는 다섯 사람을 보며 말했다.

"동생이라고 있는 녀석들이 하나같이……. 네놈들은 내가 죽으면 내 자리를 뺏으려고 하는 게 분명해."

"크큭……."

"하하하."

여기저기에서 터져 나오는 웃음소리.

뼈를 발라낸 샤벨리거의 머리 가죽을 덮어쓰고 있는 남자는 쓰러져 있는 오크의 등을 밟고 일어섰다.

"후우……."

순간, 그 주위로 그림자가 생겨났다.

웃음을 터뜨리던 다섯 남자의 체구도 탄탄했지만 거대하다는 표현이 더 알맞을 정도로 그들과 비교도 할 수 없는 체격.

양쪽 허리에 달려 있는 두 자루의 검. 뿐만 아니라 팔목과 다리, 그리고 가슴에까지 수많은 단검이 꽂혀 있었다.

와드득———!!

오크의 사체에서 어금니를 뽑아낸 그는 만족스러운 듯 말했다.

"흐음, 이 녀석은 쓸 만하겠어. 파비오, 이걸 연성(鍊成)해서 무기로 만들어라."

그는 다섯 남자 중 한 명에게 오크의 어금니를 던졌다.

"귀찮은 일을 시키는군."

"흥…… 여기서 너만 한 연금술사가 또 있겠냐."

그의 말이 싫지 않은 듯 파비오는 나지막하게 입꼬리를 올렸다.

"뭐…… 딱히 즐거운 일은 아니지만 널 택한 건 아무래도 틀리지 않은 선택인 것 같군, 안톤 일리야."

파비오 그로소.

연금술사이자 SS랭크까지 올랐던 그는 무열의 전생에서 최초로 인챈팅 스킬(Enchanting Skill)을 발견하고 속성 무기를 만든 남자였다.

"나 역시. 네가 만든 이 검이야말로 번개군주라는 내 이명과 아주 잘 어울리니까."

"유치하긴."

"크하하하하……!!"

안톤 일리야는 그의 말에 허리를 젖히며 크게 웃었다. 원래대로라면 염신위의 산하에 있어야 할 그가 이곳에 있는 것은 우연히 개입한 무열로 인해 변화된 미래일 것이다.

"조금 야만적이지만. 애초에 이곳이야말로 야만적이니까. 너라면 정말 권좌에 오를 수 있을 것 같군."

파비오 그로소는 안톤 일리야의 발아래에 있는 오크를 바라보며 말했다. 남부 일대에서 그 어떤 부족도 건드릴 생각을 하지 않았던 한 세력.

오크로 태어났지만 오우거를 뛰어넘는 힘을 가졌으며 명실공히 남부 일대의 패자 중 하나인 카짓 부족의 수장, 보스머 카짓.

그 대단한 괴물은 더 이상 숨을 쉬지 못하는 사체가 되어 그저 바닥에 너부러져 있을 뿐이었다.

"앞으로도 계속 날 도와라. 적어도 나는 형제를 버리지 않으니까."

"훗……."

파비오는 저 멀리 언덕을 바라보며 말했다.

"여전히 감시 중이군. 하긴, 카짓 부족을 토벌한 것 확인했으니 더더욱 우리에게 덤비진 못하겠지."

그의 손엔 작은 약병이 하나 있었다. 마치 뱀의 눈처럼 샛노란 눈동자로 변한 그는 입맛을 다시며 말했다.

'황천의 눈'.

오직 연금술사만이 만들 수 있는 비약으로 일시적으로 먼 거리의 시야를 볼 수 있게 해주는 능력.

육안으로는 확인할 수 없지만 분명 언덕 위에는 일대의 무리가 있었다.

"강무열의 부하들인가. 집요하군."

"어떻게 할까요? 형님, 이참에 5대 부족인가 뭔가 하는 녀석들까지 깡그리 쓸어버리고 남부 전역에 저희 깃발을 꽂는 게."

화려한 문양이 새겨져 있는 파비오의 로브와는 정반대로 늑대의 가죽으로 만든 조잡한 조끼를 입고 있는 남자가 말했다. 그는 당장에라도 뛰쳐나갈 기세였다. 하지만 그런 그를 보며 파비오 그로소는 고개를 저었다.

"참아라, 구시엘. 녀석들은 기껏해야 토착인에 불과하다. 있으면 귀찮아지긴 하겠지만 그렇다고 녀석들이 먼저 우리의 거점을 공격할 순 없을 거니까."

"그럼…… 어떻게 합니까?"

"진출(進出)해야지."

안톤 일리야는 파비오의 말에 씨익 웃었다.

"그렇지."

"보고에 의하면 타투르 근처에서 강렬한 폭발이 있었다고 한다. 아마도 강무열과 수잔 수아르가 맞부딪친 거겠지."

"헤에……."

"그렇습니까?"

파비오의 말에 남은 네 사람은 즐겁다는 듯 씨익 웃었다.

"드디어 전쟁(戰爭)이군."

"몬스터도 토착인도 아닌 스킬(Skill)을 가진 진짜 인간들과의 싸움이라……."

입맛을 다시듯 한 그들을 보며 안톤 일리야는 거칠게 웃었다.

"즐겁냐? 미친놈들."

그의 눈빛 역시 그들과 다르지 않았다.

"하긴……."

안톤 일리야의 뒤에 서 있는 수천의 병력은 저마다 몬스터의 사체를 밟고 서 있었다. 만족스러운 듯 그는 가슴을 펴며 말했다.

"남부에 너무 오래 있었다."

휀 레이놀즈, 그리고 안톤 일리야.

세븐 쓰론에 가장 강대한 두 세력이 드디어 한곳으로 움직이기 시작했다. 폐허로 남았을 중원의 주인이 되기 위해.

하지만, 그들을 기다리는 것은 전혀 다른 것이었음을 그들은 예상하지 못했다.

"이게…… 어떻게 된 일이지."

떨리는 목소리. 휀 레이놀즈는 눈앞에 있는 광경을 바라보며 믿을 수 없다는 표정을 지었다.

폐허가 되었을 것이라고 예상했던 타투르. 그곳에 성과 도시가 남아 있는 것에 놀라는 것이 아니었다.

"전투가…… 없었다……?"

그는 어안이 벙벙한 얼굴로 중얼거렸다.

마치 무슨 일이라도 있었느냐고 되묻는 것처럼 타투르의 성을 오가는 많은 사람. 전투의 흔적은커녕 오히려 더욱 굳건해진 도시의 모습에 휘뿐만 아니라 그의 부하들 역시 입을 다물지 못했다.

"뭘 그렇게 놀라지?"

그때였다. 성벽 위에서 들리는 목소리. 팔짱을 낀 채로 자신을 내려다보고 있는 무열이었다. 그의 옆에는 놀랍게도 수잔 수아르가 서 있었다.

'제길…… 도대체 무슨……!!! 그 폭발은 뭐였단 말이냐!!'

의문투성이였다. 헨 레이놀즈는 양옆에 서 있는 키네스와 앤섬을 번갈아 가며 바라봤지만 그들 역시 답을 찾지 못하는 건 매한가지였다.

착.

그 순간, 무열은 천천히 손을 들어 올리며 담담한 목소리로 말했다.

"자, 성문을 열어라. 동맹군을 맞이한다."

"……."

이 모든 의문에 해답을 알기 위해서는 결국 저 안으로 들어가야 한다는 걸 모를 리 없었다.

"젠장……."

낮게 욕지거리를 하는 그와는 달리 무열은 성안으로 들어오는 휀을 바라보며 입꼬리를 천천히 올렸다.

'이제 마음껏 이용해 주지, 휀 레이놀즈.'

삼 일 전.

창밖으로 들어오는 햇빛에 천장에 매달려 있는 샹들리에가 반짝거렸다.

"휀 레이놀즈가 움직였다는 보고가 들어왔다. 앞으로 삼 일이내에 타투르에 도착 예정이라고 하더군."

"삼 일 이내? 생각했던 것보다 보고 체계가 빠르진 않은걸. 출발한 지 시간이 제법 흘렀군."

무열은 척후병의 보고를 들으며 천천히 고개를 끄덕이고는 옆을 바라봤다.

"……흥, 모르는 소리. 대륙의 크기를 생각하면 삼 일도 최대한으로 잡은 거다. 더 높게 잡으려면 턱없이 많은 인력이 필요하니까."

"하지만 타투르에도 거점 상점이 존재할 텐데? 이곳의 재력이라면 전음(傳音) 스킬을 충분히 사고도 남을 거라고 생각되는데."

수잔 수아르의 대답에 무열이 반대쪽을 바라봤다. 검을 가슴에 얹고 팔짱을 낀 채로 의자에 앉아 있는 남자는 얼마 전 무열과 싸움을 벌였던 안슈만이었다. 놀랍게도 넓은 홀에는 얼마 전 대륙을 관통하는 폭발을 만들어낸 장본인 세 사람이 앉아 있었다.

"물론. 타투르에서 교환되는 마석의 양은 어마어마하니까. 그러나 여제와의 대화 끝에 전음은 사지 않는 것으로 결정했다."

"어째서지?"

"전음은 오직 외지인인 우리들만 사용할 수 있는 스킬(Skill)이니까. 우리는 쓸데없는 분란을 만들고 싶지 않았다."

이유 있는 대답이었다. 먼 거리에서까지 말을 하지 않고도 생각을 전할 수 있는 능력을 가지고 있다는 건 수잔 수아르로서는 외지인들이 어떤 생각으로 단합을 하고 있는지 모르는 불안 요소가 될 수 있었으니까.

"제법 큰 결정을 했군. 그런데 아쉬운걸. 타투르의 힘은 사용하는 방법에 따라서 그 어떤 왕국보다 강할 수 있다. 잘 이용한다면…… 충분히 권좌도 노릴 수 있을 정도일 텐데."

"모두가 너처럼 욕심이 있는 건 아니니까."

"……훗, 그런가."

무열은 안슈만의 대답에 쓴웃음을 지을 수밖에 없었다.

욕심(慾心). 과연 자신에게 그런 것이 있을까.

전생에서 죽음을 맞이하고 단지 가족을 만나서 살아 돌아가고 싶다는 목표 때문에 권좌에 오르려 했을 뿐이었는데.

[모든 사람을 만족시킬 순 없다. 그게 정상에 앉은 자가 감내해야 하는 무게다.]

그런 무열의 기분을 느낀 것일까. 쿤겐이 그에게 말했다.

"뭐, 그래서 욕심 많은 나를 선택한 건가? 솔직히 조금 놀랐거든. 산 하나를 날려 버릴 정도로 다른 이들을 속일 생각을 가지고 있었다니."

"무식하게 정령왕을 소환한 건 네 쪽이다. 내가 권한 건 우리가 전투를 벌이고 있다는 걸 다른 자들이 알 정도였을 뿐이지."

"이왕이면 확실한 게 좋지 않겠어? 나라는 카드를 잡기로 마음먹었으면 그에 대한 믿음 정도는 줘야지. 안 그래?"

"흥……."

놀랍게도 안슈만과 수잔 수아르는 무열의 제안을 받아들였다. 자신의 도시를 넘긴다는 것은 결코 쉬운 일이 아니었을 텐데도 불구하고 그들은 동맹을 수락했다.

"네가 유일했기 때문이다."

"뭐가?"

"종족 전쟁에 대한 언급. 물론 그게 정말로 일어날 거라고는 생각하지 않는다. 뿐만 아니라 우리는 말했다시피 너의 욕망을 위한 전쟁도 하지 않을 것이다."

"알고 있다. 그저 다른 녀석들에게 타투르를 내어주지만 않으면 된다."

"다만, 우리가 너에게 힘을 실어준 것은 우리 역시 대륙에서 다른 움직임들이 있다는 것을 포착했기 때문이다."

"그렇겠지. 낚시꾼이 여기 있었으니까. 트라멜의 일뿐만 아니라 엘프의 소식까지."

"아니, 네가 모르는 것이 하나 더 있다."

"내가 모르는 일?"

"서리고원을 더 넘어 대륙 북쪽에서 구멍 하나가 발견되었다. 깊이를 알 수 없고 현재 인간의 힘으로는 만들 수 없는 크기라더군."

"……."

안슈만의 말에 무열이 살짝 인상을 찡그렸다.

"설마 그거, 드워프 굴이라고 말하는 거냐."

"확인을 해봐야겠지만 그럴 가능성이 높다. 그렇다면 네가 말한 대로 마계, 악마계, 엘븐하임을 비롯해서 아이언바르까지 모두 움직이고 있다는 말이지."

"……."

"천계야 애초에 교단을 통해서 신탁을 내리고 있었으니 언제 나타나도 이상할 일이 없고."

촤르르륵———

그는 테이블 위에 지도를 펼쳤다. 그러고는 타투르가 있는 중원에서부터 가장 먼 대륙 북쪽의 한 지점을 가리켰다.

"게다가 걸리는 게 하나 있긴 한데."

"음?"

"보고에 의하면 그 구멍 근처에 작은 마을이 하나 있다더군."

"그게 왜? 거기라도 사람이 사는 거야 당연한 일일 테니까."

"문제는 사람이 아무도 없다는 거다. 그런데 분명 사람이 살고 있는 흔적이 계속 보인다는 거지. 마치, 지금도 살고 있는 것처럼."

"유령 마을이라도 된다는 소리야?"

안슈만은 무열의 말에 피식 웃었다.

"차라리 유령만 산다면 흔적도 없어야겠지. 사람은 보이지 않는데 사람이 살고 있는 느낌. 그게 꼭 드워프와 관련되어 있진 않겠지만……."

"북쪽이라……."

마을 전체를 숨기는 것은 그다지 놀라운 일이 아니다. 대초원에 부락을 형성하는 비궁족이 그러니까.

하지만 그 안에 사는 사람들만 사라지는 것은 확실히 뭔가 이상한 일이었다. 게다가 북쪽이라는 말을 듣고 난 뒤부터 무열의 머릿속에 남아 있는 이름 하나.

'카토 치츠카.'

한 번도 잊은 적이 없는 이름이었다. 대륙은 이미 3강 체제가 되었다고 생각했지만 카나트라 산맥에서 만났던 그는 분명 뭔가 변수가 될 수 있는 요인이 가장 많은 존재였다.

'카토 남매와 드워프들의 아이언바르라…….'

무열은 살짝 입술을 깨물었다.

"그럼 이제 목표는 남부인가?"

생각에 잠겨 있는 그를 향해 안슈만이 물었다. 그러자 그는 고개를 저으며 말했다.

"아니, 그 전에 공략해야 할 곳이 하나 있다."

"어디지?"

"청귀(靑龜), 칼두안."

"……!!"

"……!!"

그의 말에 홀에 있던 두 사람의 눈동자가 커졌다.

"무슨 소리야. 지금 같은 상황에서? 카나트라 산맥과 서리 고원에 3대 위상 중 둘이 존재한다는 건 알지만 마지막 청귀의 행방은 아무도 모른다. 그런 걸 찾으러 가겠다고?"

"아니."

수잔 수아르는 무열의 대답에 그를 주시했다.

"타투르에서 배를 타고 약 일주일 거리, 포스나인의 가장 끝에 섬 하나가 있을 거다."

"포스나인의 끝 섬이라면……."

그녀는 인상을 찡그렸다.

"당신이라도 모르겠지. 그곳은 오로지 바위기둥만 존재하는, 사람 하나 살지 않는 무인도니까."

"설마……."

안슈만은 무열을 바라보며 말했다.

"너는 그 섬이 3대 위상 중 하나인 칼두안이라고 말하는 거냐."

"아닐 수도 혹은 맞을 수도 있다. 나 역시 확인해 보지 못한 일이니까."

"……만약, 맞다면?"

3대 위상(位相).

북부 7왕국에게 있어서 신수의 존재가 얼마나 큰 영향을 끼치는지는 모두가 잘 알 것이다.

특히 이미 다른 위상과 조우했었던 무열이라면 더욱더 그러할 것이다.

비록 수장 수아르의 타투르는 다른 왕국처럼 신수를 숭배하진 않는다지만 그들 역시 위상과의 마찰은 피하고 싶은 것이 당연한 법이었다.

그녀는 떨리는 입술로 말했다.

"……죽일 건가?"

"필요하다면 그래야겠지."

한 치의 망설임도 없는 무열의 대답에 수잔 수아르는 마른 침을 삼켰다.

"걱정 마라. 이건 내 개인의 일이니까. 타투르를 끌어들이지 않을 것이다."

"……."

"나는 그저 너희가 가진 정보력이 필요할 뿐이다. 토착인과 외지인을 구분할 것 없이 종족 전쟁에 앞서 우리들은 같은 인간일 뿐이니까."

안슈만은 그의 말에 고개를 끄덕였다.

"네가 신록의 새끼를 데리고 있다는 걸 알고 있다. 어떻게 한 건지는 모르지만 새로운 신수가 널 따르는 것엔 이유가 있겠지."

"3대 위상을 모두 찾는 이유가 뭔지 물어도 될까?"

무열은 수잔 수아르를 보며 피식 웃었다.

"물어도 되냐고 묻는 건 묻지 말아야 하는 문제란 걸 너 스스로 알고 있는 것 같은데."

"……."

그의 대답에 어쩔 줄을 몰라 하는 그녀를 보며 무열은 담담한 목소리로 말했다.

"정령술."

"……뭐?"

"정령술을 배울 수 있기 때문이다."

"그건…….."

"안다. 굳이 3대 위상과 관련 없어도 정령술을 배우는 방법은 있다는 걸. 분명 타투르에도 정령술사가 있겠지. 대륙 그 어떤 곳보다 다양한 직업이 모여 있는 곳일 테니까."

안슈만은 무열을 향해 고개를 끄덕였다.

"하지만 기껏해야 중급 정령을 소환하는 것이 고작. 그것도 오랫동안 유지하지 못할 테지. 그렇기 때문에 정령술사는 파티 내에서 썩 환영받지 못하는 직업이기도 하고. 그 덕분에 전투 능력이 낮은 그들은 결국 자유군의 보호를 받기 위해 타투르에 모이게 되고. 안 그래?"

"……그 말이 맞다."

한마디도 틀린 말이 없었다. 확실히 정령술사는 지키는 쪽보다는 지킴을 받아야 하는 쪽의 성향이 강하기 때문이었다.

4대 정령과 2대 광야.

우레군주인 쿤겐의 뇌(雷)속성은 본디 정령의 속성이 아닌 오직 그만이 가진 특수한 힘이었다. 그렇기 때문에 하급, 중급, 상급으로 나뉘는 정령 체계에서 번개의 힘을 가진 정령은 따로 없었다.

"2대 광야를 제외하고 주로 계약을 하게 되는 것은 4대 정령이겠지. 하지만 이마저도 각각 정령왕들의 상성 때문에 두 개 이상 계약을 하기 어렵고 동시에 부리는 것도 힘들지."

"그래, 네가 잘 알고 있다는 걸 알겠다. 그런데 내 한마디 때문에 구구절절 귀 아프게 설명할 필요 없지 않나?"

안슈만은 무열의 말에 살짝 기분이 나쁜 표정을 지었다.

"나는 내 힘으로 정령왕을 소환할 것이다."

"……."

"단지 너희들에게 보여주기 위함이었을 뿐, 나의 현신(現神)은 다른 데 있으니까."

꿀꺽.

두 사람은 정령왕의 힘을 목격했다. 그 힘이 얼마나 대단한지를 체험했기 때문에 알고 있었다. 하지만 무열은 그보다 더한 것을 목표로 하고 있었다.

"말이 안 나오게 만드는군……."

무열은 고개를 젓는 안슈만을 향해 말했다.

"이곳에 이신우라는 남자가 있지 않나?"

"이신우?"

전생(前生)에서 히든 스테이터스인 정령력을 얻고 난 뒤 자각 능력(自覺能力), 즉 계약자와 의사소통을 할 수 있는 상급 정령을 다룬 사람은 단 세 명뿐이었다.

대륙에서 단 세 명뿐이었던 상급 정령술사 중 한 명이자 유일하게 바람의 정령을 다뤘던 남자, 이신우. 그가 바로 이 타투르 출신이었다.

지금은 약체로 분류되지만 실제로 정령의 힘은 대단하다. 그렇기 때문에 무열 역시 정령술을 얻기 위해 이런 노력을 하는 것이기도 했다.

'문제는 최소 중급 정령 둘을 동시 소환이 가능해야 종족 전쟁에서 싸울 수 있다는 점. 그 경지까지 오르는 것이 어렵다.'

바로, 그것이 무열이 이신우를 찾는 이유이기도 했다.

'아마도 아직은 그 역시 중급 정령도 소환하는 게 버겁겠지만……. 타투르에 있는 그 어떤 정령술사들보다 뛰어난 사람이다. 그가 다른 정령술사들을 훈련시킨다면 충분히 전투에 투입할 수 있게 된다.'

무열의 말에 잠시 생각을 하던 안슈만은 고개를 갸웃거리며 말했다.

"글쎄. 딱히 기억이 나지는 않는데. 왜 그러지?"

"없으면 찾아보도록 해. 앞으로 꼭 필요한 사람이다. 아마…… 이대범이란 남자와 함께 있을 테니 쉽게 찾을 수 있을 거니까."

그리고 그의 형, 흑괴(黑怪) 이대범.

"……아!"

무열은 안슈만의 반응을 보며 잠시 뭔가를 생각을 하더니 피식 웃으며 말했다.

"아나 보군. 하긴, 무척 눈에 띄는 남자니까."

무열은 천천히 자리에서 일어섰다.

"그럼……."

그는 살짝 미소를 지으며 두 사람을 향해 말했다.

"손님 맞을 준비를 해보지."

휀 레이놀즈뿐만 아니라 안톤 일리야까지. 타투르를 보고 난 뒤의 그들의 표정이 궁금해지는 무열이었다.

66장
개전 준비(開戰準備)

"늦었군, 휀. 좀 더 빨리 올 것이라고 생각했는데. 붉은 부족을 통합하는 데 방해라도 받았나?"

"⋯⋯."

휀은 이미 베이 신에 대한 일을 알고 있을 무열을 향해 뭐라 말을 하려다 입을 다물었다.

"됐고. 설명이 필요할 것 같은데."

"무슨 설명?"

"⋯⋯."

타투르에서 만난 두 사람. 무열과 휀 레이놀즈 사이에는 어색한 침묵이 흐르고 있었다.

"약속했던 대로 나는 타투르를 얻었고 너는 붉은 부족을 얻었다. 그게 사실일 뿐. 그 이상도 그 이하도 없지."

"장난식으로 말을 돌리지 마라."

"장난이라니? 전쟁을 장난으로 하는 사람도 있나?"

"······."

동맹 중이라는 것이 무색할 만큼 두 사람의 신경전은 마치 지금 검을 맞대고 있는 것처럼 날카롭기 그지없었다.

"그러는 너야말로 어째서 이곳에 왔지? 붉은 부족을 흡수하고 난 다음에 분명 용족의 정민지에게로 갈 것이라 생각했는데."

무열은 휀을 향해 냉소를 보이며 말했다.

"뭐, 마침 잘되었다고 생각한다. 안톤 일리야가 올 거니까. 네가 가지고 온 병력과 함께라면 그를 충분히 막을 수 있을 테니까."

"어떻게 확신하지?"

"너도 왔잖아, 타투르에."

"······뭐?"

무열의 말에 휀 레이놀즈의 표정이 순간 굳어졌다.

"계획된 루트도 바꿀 만큼 궁금했던 거 아냐? 내가 얼마만큼 피해를 입었을지. 타투르는 어떤 상태인지. 폐허가 되어도 상관없으니 내 권세에 타격이 있길 바랐겠지. 죽었으면 더 좋겠고. 안 그래?"

"······."

"안톤 일리야도 똑같을 거거든. 중원을 차지하려면 지금이 적기라고 말이야."

휀의 반응이 재미있다는 듯 무열이 입꼬리를 가볍게 올리며 말했다.

"그 정도 폭발을 보고도…… 가만히 있을 수 없었을 테니까."

"너…… 설마 일부러."

하지만 무열은 그의 말에 아무런 대답을 하지 않았다.

빠득.

그리고 그건 휀 레이놀즈 역시 마찬가지였다. 완벽하게 미끼를 물어버린 자신이 원망스러웠지만 이제 와서 화를 내는 것도 뒤늦은 후회일 뿐이었다.

"어쩌면 전 병력을 끌고 올지도 모르지, 그자의 성격이라면. 단 한 번의 싸움으로 모든 것을 얻으려고 하는 거친 사람이니까."

남부 일대의 최강자. 휀 레이놀즈는 무열의 말에 살짝 인상을 찡그렸다.

'확실히…… 그는 토착인이든 외지인이든 가리지 않고 흡수를 하고 있다. 강무열의 5대 부족을 제외하고 남부 일대의 거의 대부분을 가졌다고 해도 과언이 아닐 터.'

추정되는 병력의 수, 약 5만.

'우리들과 달리 그는 배후에 적이 없다. 정말로 강무열의 말

대로 5만의 대원정군을 모두 움직일 가능성도 있다는 것.'

그의 표정을 보며 무열은 휀 레이놀즈가 무슨 생각을 하고 있는지 알고 있다는 듯 말했다.

"타투르에 있는 병력이 어떻게 되지?"

"토착인은 약 8,000명, 그리고 외지인은 약 1,500명 정도."

"너의 병력은?"

"하오관에서 병력이 도착하면 4,000명 정도 될 거다. 남부에 있는 5대 부족의 병력이 약 7,000명이지만 안톤 일리야와의 전투에서는 아직 큰 활약을 하긴 어렵겠지."

"결국은 외지인들의 싸움이라는 말인데……. 내 병력까지 합친다 하더라도 제대로 싸울 수 있는 병력은 1만이 채 되지 않는군. 토착병들이야 안톤의 권세와 맞부딪쳤을 때 방패막이 되는 게 고작일 테니까."

"안톤도 모든 병사를 외지인으로 구성한 건 아니다."

"그래 봐야 네 말대로 토착인은 큰 변수가 되지 못한다. 한수 물려서 생각해도 1만 대 5만의 싸움이란 말이지."

휀은 무열을 향해 굳은 목소리로 말했다. 마치 조금 전 자신을 향해 비아냥댔던 것에 대한 복수 같은 느낌이었다.

"트라멜의 전 병력을 이끌고 와도 모자랄 판에 가만히 앉아서 적이 오길 기다리겠다는 뜻이냐. 차라리 너와의 동맹을 깨는 게 나을지도 모르겠군."

"깰 배짱도 없으면서 잘도 그렇게 말하는군. 안톤 일리야보다 나를 더 거슬려 하는 걸 잘 알고 있는데."

"너…….."

휀의 일침에도 불구하고 무열의 표정은 변하지 않았다. 오히려 그 말을 기다렸다는 듯한 얼굴이었다.

"기다리지 않는다. 타투르를 전장으로 삼지 않을 생각이니까. 너희들이 호시탐탐 노리고 있는데 위험하게 겨우 얻은 곳을 빼앗길 수 없잖아?"

"……뭐?"

"계속해서 듣고 있었는데 말씀이 너무 지나치시군요. 저희가 동맹 관계라는 것을 아시면서 자꾸 이런 태도로 대하실 겁니까? 정말로 저희가 동맹을 깨지 못할 거라고 생각하십니까."

무열이 고개를 들었다.

"당신이군, 앤섬 하워드."

"……절 아십니까?"

"그냥, 약간의 소문을 들었을 뿐이지. 휀의 권세에 눈에 띄는 책사 한 명이 들어왔다고."

"……감사합니다."

조금 전 자신이 언성을 높였음에도 불구하고 아무렇지 않게 말하는 무열을 보며 오히려 앤섬은 당황스러운 표정을 지었다.

"그렇게 노려보지 말라고. 네 말대로 우린 동맹 중이고 나 역시 너희까지 적으로 돌리고 싶진 않으니까."

겸손하게 웃고는 있지만 무열은 알고 있다.

첫 대면(對面). 앤섬 하워드는 지금 자신의 일거수일투족을 살피며 약점을 찾고 있을 테니까.

"교단과 손을 잡게 만든 것도, 레인성을 거점으로 잡게 한 것도 모두 당신 작품이니까. 나쁘지 않은 선택이었다. 트라멜이 아닌 이상 레인성만큼 거점으로 잡기 좋은 곳도 없지."

"과찬…… 이십니다."

"그러니 이번에도 머리를 잘 굴려보도록 해."

"네?"

"안톤 일리야에게서 살아남을 수 있는 방법. 우리 쪽 책사를 너에게 소개해 줄 예정이다. 두 사람이라면 뭐…… 계책이 나올 테니까."

확신(確信).

5만이라는 대군이 오는 위급상황임에도 불구하고 너무나도 태연한 그의 모습.

'날…… 믿는 건가? 아니면 자신의 책사의 능력을 믿는 건가.'

처음 봤음에도 불구하고 자신을 잘 알고 있는 것 같은 무열의 모습에 앤섬의 마음이 흔들렸다.

'도대체…….'

그의 머릿속을 복잡하게 만든 무열은 자리에서 일어나 그의 어깨를 툭 한 번 치고는 홀의 문을 향해 걸어갔다.

"아."

문고리를 잡고서 돌리기 직전 그는 뭔가 생각이 났다는 듯 몸을 돌렸다.

"이정진, 너희 쪽에 있다지? 그자, 조심하는 게 좋을 거다."

"……?!"

"독을 제압할 때 쓰는 독도 내가 다룰 수 있는 독이어야지 가능한 일이니까."

탈칵.

무열은 그 말을 끝으로 홀의 문을 열었다. 딱딱하게 굳은 두 사람의 표정이 궁금했지만 굳이 볼 필요까진 없었으니까.

'설마 저 남자, 내 계획까지…… 모두 파악하고 있는 건가.'

그리고 그의 예상대로 앤섬 하워드의 얼굴은 굳어지다 못해 구겨졌다.

"너도 왔잖아, 타투르에. 크크크……. 휀, 그 사람 얼굴 완전 웃기던데. 진짜 한 방 제대로 먹은 표정이었어요."

"시끄럽다. 그리고 훔쳐보지 말라고 분명 말했을 텐데. 어디든 녀석들의 눈이 있을 수 있다. 너는 우리 권세의 책사다. 조금은 진중한 모습을 보이도록 해."

복도를 따라 걷는 최혁수는 조금 전 무열의 모습을 따라 하며 재미있다는 듯 연신 웃었다.

착.

그는 들고 있던 부채를 펼쳤다가 접으며 말했다.

"걱정 마세요."

"이미 전략을 짜두었나 보군."

"대장이라면 몰라도 다른 사람에게 머리로 지고 싶은 마음은 없으니까요."

"쉬운 남자는 아니다. 충분히 지지하는 자를 권좌에 오르게 할 수 있을 만한 능력을 가졌다. 아직은 좀 더 다듬어야 할 것이 분명하지만."

무열은 최혁수를 바라봤다. 세븐 쓰론이 시작된 지 이제 고작 1년이 조금 넘었을 뿐이다. 그런데 어느새 권좌를 두고 3개의 권세가 맞붙는 순간이 왔다.

'확실히 빠르다. 아직 S랭크의 전직도 나오지 않은 시점이니까.'

전생과 비교하면 그만큼 먼저 종족 전쟁을 대비할 수 있는 이점이 될 수도 있지만 이런 빠름에도 문제는 당연히 존재한다.

'전투와 전쟁을 경험할 수 있는 기회가 적다는 것. 특히나 최혁수나 앤섬같이 수만의 목숨을 움직여야 할 자들에겐 더욱더.'

무열이 죽기 전, 인간군이 전멸하게 된 가장 큰 이유가 바로 하잘 협곡에서 전술 팀이 짠 허술한 전략 때문이었으니 말이다.

'모든 것을 책략 탓으로 돌리는 것은 아니다. 하지만 분명히 이들의 목숨을 쥐고 있는 것은 책사들이다.'

그렇기 위해 필요한 것. 어처구니없는 전술이 아닌 완벽한 전술을 만들 수 있는 책사들로 구성되어 있는 전술 팀.

'지금은 권세가 나뉘어 있기 때문에 각각의 세력에 책사들이 따로 있지만 언젠가 저들을 모두 한곳으로 모아야 한다.'

최혁수, 앤섬 하워드, 키네스를 비롯해서 아직 모습을 내비치지 않는 재야에 숨은 자들까지.

무열의 이런 계획을 상상할 수 있는 사람은 아무도 없을 것이다. 자신의 목을 노리는 적을 이미 부하로 점찍어 두다니 말이다.

그렇기 때문에 싫지 않다. 호시탐탐 자신의 목을 노리기 위해 전술을 짜는 자들이야말로 그것을 경험으로 미래에 더 뛰어난 전략을 내보일 수 있게 될 테니까.

"준비가 쉽지 않을 거다. 책략을 짜는 과정에서부터 앤섬 하워드를 누르지 않으면 녀석은 자신의 병력을 최대한 아끼면서 어떻게든 전장에서 이득을 보려 할 테니까."

"명심하겠습니다. 대장은 그럼…… 계획대로?"

"그래, 안톤 일리야가 타투르에 당도하기까지는 열흘 정도가 걸릴 거다. 병력을 모두 집결하는 데 시간이 걸릴 테니까."

최혁수는 무열의 말에 고개를 끄덕이며 말했다.

"진짜 대단하세요. 이런 상황에서 안톤 일리야가 오기 전에 청귀(青龜) 사냥을 끝내실 생각을 하다니. 저 같으면 머리 싸매고 아무것도 못 할 것 같은데."

"그만큼 널 믿고 있다는 말이 되겠지."

"정말 아무도 안 데려가도 괜찮겠어요? 칼두안, 3대 위상 중에 하나잖아요. 쉽지 않을 텐데."

"걱정 마라. 처음도 아니니까."

"네?"

로어브로크를 상대했을 때를 떠올리며 무열은 최혁수를 향해 가볍게 웃었다.

'열흘이라……. 그동안 지옥이 되겠지만.'

무열이라 할지라도 단독으로 위상을 사냥하러 가는 것은 확실히 부담되는 일이었다. 하지만 휀 레이놀즈가 타투르 내에 입성한 지금 상황에서 강찬석이나 오르도 창과 같은 무인을 뺄 수는 없는 일이었다.

물론, 안슈만의 자유군이 있기 때문에 이곳에서 전투가 벌어질 일은 희박하지만 여전히 호시탐탐 빈틈을 노리고 있는 것은 사실이었으니까.

"다녀오세요. 그동안 완벽하게 방비해 놓을 테니까. 전략은 제가 짤 수 있지만 지휘는 제가 할 수 있는 게 아니니까. 안 그래요?"

"그래."

최혁수는 이제부터는 자신의 싸움이라 생각했다.

무열이 이곳에 없는 열흘. 그동안 그는 앤섬 하워드와 함께 5배가 넘는 병력과의 전쟁에 대비한 전략을 세울 것이다.

한마음 한뜻이 아니다. 어떻게 하면 자신의 권세의 힘을 최대한 아끼며 이 전쟁에서 승리할 수 있을까. 말 그대로 탁자 위에서 펼쳐지는 전쟁.

툭.

생각에 잠긴 듯한 최혁수의 어깨를 가볍게 치면서 무열이 말했다.

"노파심에 말하는 거지만…… 이번 전쟁, 확실히 우리 쪽이 열세인 전투다."

"알고 있어요."

"타투르의 주위엔 해자의 역할을 해줄 포스나인에서부터

흐르는 거대한 강이 있긴 하지만 전장으로 삼기는 좋은 곳이 아니다."

"그럼요? 수성(守城)의 이점을 포기할 만큼 더 나은 전장이 있다는 건가요?"

최혁수가 고개를 들어 무열을 바라봤다.

"그런 표정을 짓고 있지만 이미 네 머릿속에 있을 거다. 이번 전투의 열쇠가 될 것은……."

그 순간, 최혁수는 무열의 말이 끝나기 전에 먼저 입을 열었다.

"언덕."

그의 대답에 역시나 하는 표정으로 입꼬리를 올리며 천천히 고개를 끄덕였다.

"그래, 세 개의 언덕이다."

67장
뇌원 전투

"벌써 며칠째지?"

"여드레째입니다."

"식사는?"

"그게…… 배가 부르면 집중이 되지 않는다고 물 이외에 는……."

"허……. 아무리 그렇다고 하더라도 일주일이 넘도록 물만 먹고 있단 말이야? 그 두 사람?"

타투르의 집무실에 모인 사람들은 걱정 어린 눈빛으로 서로를 바라봤다.

팽팽한 긴장감. 그런 공기를 깨뜨리는 것은 상석에 앉아 있던 휀 레이놀즈였다. 그는 턱을 괸 채로 반대쪽에 서 있던 무열의 수하들을 향해 말했다.

"강무열이 떠난 지도 여드레째가 되어가는군. 도대체 무슨 배짱인지 모르겠어. 이런 상황에서 우두머리라는 작자가 자리를 비우다니 말이야."

"대장께서는 따로 하실 일이 있기 때문에 잠시 자리를 비우신 것뿐입니다."

"하하……. 이보다 더 중요한 일이 있다고? 1만의 목숨이 사라질까 말까 하는데?"

"……."

휀은 윤선미를 향해 냉소를 지었다.

"보고입니다!!!"

그 순간, 아래에서 병사의 외침이 들려왔다.

"안톤 일리야의 병력이 국경을 넘어 시야에 포착되었다는 보고입니다!!"

꿀꺽.

그 말에 모두의 시선이 하나로 뭉쳤다.

"드디어……."

"눈에 보이는 곳까지 도달했나."

그 시선이 닿은 곳은 다름 아닌 휀 레이놀즈. 턱에서 손을 뗀 그가 천천히 고개를 양쪽으로 저었다.

"결국 늦는 건가, 강무열은."

그러고는 윤선미를 바라보곤 냉소를 지으며 자리에서 일어섰다.

"이봐, 여자. 이게 결과다. 너희들은 동료를 귀하게 여기는
건 알겠다만 정작 강무열은 그렇지 않은가 보군. 이렇게 사지
에 그냥 두는 걸 보니 말이야."

"……."

비아냥거리는 듯한 말.

"케니스, 너는 당장 전군에게 전투준비를 알려라."

"알겠습니다."

갑작스러운 비보에 윤선미를 비롯해서 무열의 사람들은 당
혹스러운 표정을 지었다.

"기다립시오."

떨리는 어깨를 잡은 것은 다름 아닌 오르도 창. 두꺼운 그
의 손은 이런 상황에도 불구하고 평온했다.

그는 5대 부족의 수장이었다. 어찌 보면 오르도야말로 이곳
에 있는 사람 중에 가장 많은 전투를 경험해 본 사람일지 모
른다. 그렇기 때문에 전쟁에서 가장 중요한 것이 무엇인지 알
고 있었다.

"주군께서 명하신 것을 기억하십시오."

그때였다.

"잠시만……!!!"

콰아아앙——!!!!

집무실의 문이 큰 소리와 함께 활짝 열렸다. 당장에라도 쓰러질 것처럼 초췌해진 두 사람이 서로의 어깨에 기대고 의지한 채 문 앞에 서 있었다.

"……?!"

모두의 시선이 그쪽으로 쏠렸다.

"이대로……."

쓰러진 앤섬 하워드가 손에 쥐고 있던 종이를 빼낸 최혁수가 기진맥진한 목소리로 말했다.

꼬깃꼬깃 구겨진 종이. 그 안에는 빼곡하게 뭔가가 잔뜩 적혀 있었다.

"승률은?"

"……51%입니다."

휀은 눈조차 제대로 뜨지 못하고 바닥에 주저앉아 대답하는 앤섬 하워드를 바라봤다.

1%의 차이.

너무나 근소해서 승패를 예측할 수 없을 정도의 차이였기에 결국은 여전히 위태로운 상황으로 보일 수도 있지만 앤섬의 말에 집무실에 있던 모든 사람은 감탄을 금치 못했다.

5배가 넘는 병력 차.

반반의 승률이 아닌 절대적인 패배를 단정해도 모자랄 판국에 두 사람은 오히려 1% 더 높은 승률을 끄집어 낸 것이다.

"훌륭하군."

"누나, 지금 당장 타투르에 주둔하고 있는 모든 수뇌부를 모아주세요."

"응, 알겠어."

윤선미는 최혁수와 오르도 창을 번갈아 바라봤다. 그녀의 시선에 담긴 의미가 무엇인지 아는 듯 오르도 창은 천천히 고개를 끄덕였다.

무열이 떠나기 전 마지막으로 자신들에게 했던 한마디.

"최혁수를 믿어라. 우리 군은 휀 레이놀즈도 수잔 수아르도 아닌, 오직 최혁수의 말에만 움직인다."

말 그대로 전권 위임(全權委任).

수천의 목숨을 고작 이제 막 성인이 된 아이에게 맡긴다는 것은 얼마나 무열이 최혁수를 신임하고 있는가를 보여주는 일이기도 했다.

상황을 모르는 사람들이 본다면 너무나 무모한 모습으로 비칠지 모르지만 놀랍게도 그가 나타남과 동시에 윤선미를 비롯한 다른 사람들의 표정에 안도감이 비쳤다.

"혁수야!!"

순간, 실이 끊어진 연처럼 추락하듯 쓰러지는 그를 황급히 부축하며 윤선미가 깜짝 놀란 목소리로 소리쳤다.

"너무 걱정 마세요. 피로 때문에 그런 걸 테니 제가 데려가서 쉬게 하겠습니다. 다른 사람들은 준비해 주세요."

진아륜이 쓰러진 최혁수를 부축하며 강찬석과 오르도 창에게 말했다. 별동대에 가까운 갈까마귀들을 지휘하는 그가 지금 상황에서는 가장 여유 있는 사람이었다.

"부탁합니다."

"오르도, 무악부대는 모두 소집했지?"

"그렇다. 남은 병력들도 강건우와 아론 번슈타인이 이미 집결하고 있을 테니 바로 움직일 수 있다."

"좋아."

조금 전까지만 하더라도 어떻게 움직여야 할지 몰라 당황했던 그들이었다.

'분위기가 달라졌군.'

하지만 놀라울 정도로 빠르게 분위기가 변했다.

휀 레이놀즈는 천천히 고개를 돌려 이 변화의 중심인 최혁수를 바라봤다.

'흐음…… 기껏해야 스무 살 남짓. 강무열의 책사는 저렇게 어린아이였던가.'

하지만 그 속에 감춰져 있는 날카로움을 휀은 결코 쉽게 보지 않았다.

'귀찮을지도 모르겠어. 아직 완성되지 않은 칼이라면……. 시간이 흐를수록 더 날카로워지겠지. 언젠가는 최우선적으로 제거해야 할 가시가 될지도.'

그러나 지금은 때가 아니다. 대군에 맞서 아직은 힘을 모아야 할 순간이라는 것을 휀 역시 인정한다.

그는 최혁수를 바라보며 입을 가렸다. 가려진 입가에 사악한 미소가 숨겨져 있다는 것은 아무도 모를 것이다.

'난전 속에서 죽음이야 비일비재(非一非再)한 일이니.'

"전장으로 선택한 지역이 뇌원(惱圓)이라니. 놀랄 일이로군요."

"그러게 말이에요. 두 사람 중에 그곳의 진위를 꿰뚫어 본 사람이 있었던 걸까요. 아니면 우연일지…….."

안슈만은 수장 수아르를 바라보며 고개를 끄덕였다.

타투르에서 하루 정도 떨어진 곳에 위치한 거대한 밀림 숲.

'뇌원은 이름 그대로 고통스러운 언덕이 존재하는 곳이다. 밀림을 통과해서 타투르에 당도하기 위해서 필요한 세 개의 언덕.'

하지만 그 높이가 그리 높지 않아 밀림을 지날 때 이곳의 사람이 아니거나 주의를 기울이지 않으면 그냥 지나칠 수 있는 수준이었다.

"저 역시 여제께서 그곳에서 저희를 구해주지 않았다면 몰랐을 테니까요."

안슈만은 수잔 수아르와의 첫 만남을 떠올리며 가볍게 웃었다.

'확실히……'

그런 언덕을 포착하고 전장으로 삼았다는 것을 들었을 때 안슈만은 어쩌면 5배가 차이 나는 병력을 이길 수도 있을 것이라는 기대를 가졌다.

'하지만 이곳의 지형에 익숙하지 않은 것은 강무열과 휀의 연합군 역시 마찬가지다.'

요지(要地)를 얻는다 하더라도 그것을 제대로 활용하지 못하면 소용없는 일.

"강무열과의 협정은 유효합니다. 타투르의 자유군을 두 권세에 지원하시는 것은 어떠십니까?"

"아직은 좀 더 신중할 필요가 있습니다. 결정은 언덕을 누가 얻는지 확인하고 나서도 괜찮겠죠."

"으흠……"

"하지만 당장 움직일 수 있도록 자유군을 준비시켜 주세요. 당신의 군대가 어쩌면 이 전쟁에서 판을 좌지우지할 수 있는 추가 될 수 있으니."

"알겠습니다."

안슈만은 출진을 시작하는 병사들을 바라보며 천천히 고개를 끄덕였다.

'과연, 누가 언덕의 '진짜 사용법'을 찾아냈을지. 그렇지 않다면 그저 압도적인 군세에 몰살당할 뿐이다.'

개전(開戰) 하루 전.

각각의 권세들은 전장을 향해 움직이고 있었다.

'최혁수, 그리고 앤섬 하워드. 너희 중에 과연 누가 될 것인가.'

"왔군."

"과연…… 계획대로 잘 움직일 수 있을지."

"걱정 마세요. 그건 그렇고 이거 편하네요. 전음(傳音)이라는 거. 멀리 떨어져 있어도 이렇게 대화를 나눌 수 있으니."

뇌원(惱圓)의 안. 최혁수는 병사들의 앞에 서서 밀림 숲을 바라보며 말했다.

지축을 떨리게 만들 정도의 진동.

전투를 앞에 둔 긴장된 병사들과 달리 최혁수는 의기양양한 모습이었다.

"모든 배치와 준비까지 끝냈어요. 승패는 하늘에 달린 것이라지만 준비한 자와 무턱대고 들이대는 자가 똑같은 확률일 순 없죠."

"⋯⋯."

비록 앤섬 하워드의 얼굴이 보이지 않지만 그의 표정을 예상할 수 있을 것 같았다.

'처음에 당신이 놓쳤던 우리가 가지고 있는 가장 큰 이점. 이걸 이용한다면 승산이 있다.'

히이이이잉⋯⋯!!!

카르곤의 울음소리가 들렸다. 최혁수는 전음을 멈추고 자신의 아래에 있는 병사들을 바라봤다. 그의 앞에는 오로도 창과 강찬석, 윤선미, 아론 번슈타인, 강건우, 진아륜, 그리고 천륜미가 있었다.

트라멜의 강자 대부분이 집결해 있는 이 순간, 자신이 이들을 움직일 수 있다는 사실에 최혁수는 걱정보다는 가슴이 벅찬 기분이었다.

"적은 수로 많은 수를 상대함에 있어 가장 주요한 것은 바로 기습. 하지만 지금은 밤도 아니고 뇌원은 빼곡하게 자라난 나무로 인해 움직임조차 어렵죠."

확실히 그랬다. 처음 뇌원을 전장으로 삼았을 때 모두가 의아해했다.

"속도를 높이기 위해서 마법이나 검으로 길을 만들면서 갈수는 있겠지만 그렇게 되면 적에게 위치를 노출하게 되는 크나큰 문제가 있죠."

"과연…… 그래서 언덕이란 말인가."

오르도 창은 최혁수의 말이 무슨 뜻인지 단번에 알아차린 듯 자신도 모르게 손뼉을 치고 말았다.

"네."

최혁수는 그를 바라보며 천천히 입꼬리를 올렸다.

"젠장!! 여기 완전히 진흙탕이잖아!"

"속도를 올려라!!"

"대장님, 발을 함부로 내딛기도 힘든 데다가 사방이 나무로 둘러싸여 있어서 속도도 내기 어렵습니다!"

"그러니까 하는 소리잖아! 서둘러 이곳을 빠져나가야 타투르에 당도할 수 있다! 녀석들도 머리가 있으면 이런 곳에서 싸울 생각은 하지 못할 테니 앞만 보고 달려!"

"네---!!!"

뇌원의 언덕은 그다지 높지 않다. 그렇기 때문에 굳이 요새를 만들고 전장의 거점으로 삼을 필요가 없다. 그럼에도 불구하고 이곳에서의 전투에서 세 개의 언덕이 중요한 이유는 바로 이것에 있었다.

"삼각형의 위치로 만들어져 있는 언덕에는 나무가 자라지 않죠. 그리고 그 세 개의 언덕 중앙은 비어 있는 공터."

최혁수는 모인 수뇌부들에게 말을 전했다.

마치 사과를 베어 물듯 둥근 언덕의 기슭 부분에 둥글게 선을 그었다.

"이렇게. 기슭을 타고 돌진하게 되면 언덕은 장애물이 아닌, 이 밀림을 누구보다 빠르게 움직일 수 있게 해주는 지름길이 되어줄 겁니다."

그러고는 그 선을 다시 두 번째 언덕으로 연결하고 마지막으로 세 번째 언덕까지 연결했다.

"우익에 있던 부대는 위로 좌익에 있던 부대는 아래로. 연속해서 세 개의 언덕의 가장자리를 타고 올라 나선으로 움직이게 된다면……."

"배후에서의 기습입니다!! 약 1천 5백 명으로 추정!!"

"뭐?!"

"이게……!! 어떻게!! 말도 안 되는 일이다!! 어째서 후방에서 적이!!"

"급보입니다!! 왼쪽에서도 휀의 2천 부대가 급습!!"

"큰일 났습니다!! 오른쪽에서 강찬석의 기마부대의 공격을 받았다는 보고입니다!! 방어선이 빠르게 뚫리고 있습니다! 지원을……!!"

안톤 일리야의 선발대의 우두머리이자 그가 직접 형제라 일컫는 다섯 명 중 한 명.

구시엘은 믿을 수 없는 보고에 정신을 차릴 수 없었다. 선발대의 숫자는 1만 8천 명. 급습한 병력의 수는 고작해야 4천 명 남짓이었다.

4배의 숫자가 넘는 병력이었는데도 불구하고 단 한 번의 기습으로 어처구니없을 정도로 진형이 무너지고 있었다.

콰아아앙……!!!

연이은 보고에 구시엘은 들고 있던 창을 바닥에 꽂으면서 소리쳤다.

"웃기지 마……!!! 이대로면 형님을 뵐 낯이 없다! 전군!! 등을 보이지 마라!! 숫자는 우리가 압도적이다!! 녀석들을 먹어 치워라!!"

와아아아아아아----!!!

와아아아----!!

비록 전략도 전술도 없었지만 구시엘의 호령은 혼란에 빠졌던 병사들을 진정시키기에 충분했다. 그동안 그가 보여줬던 무위(武威)를 병사들은 믿고 있었기 때문이다.

"반격이다……! 이 쓰레기 같은 놈들아!!"

전장에서 구시엘을 습격한 세 부대의 대장인 강찬석, 오르도 창, 알란은 모두 지금의 광경에 감탄을 금치 못했다. 기습은 성공했지만 병력의 우위를 알고 있는 구시엘은 빠르게 정비를 하기 시작했다.

그러나 이대로 반격을 받게 되면 위험할 수 있는 상황임에도 불구하고, 그 셋은 오히려 더 놀라운 표정을 감추지 못했다.

'대단하다…….'

'이 계책이 정말로 먹힐 줄이야.'

그 셋이 공통적으로 이 순간 생각한 것은 단 하나였다.

이 반격조차.

'최혁수의 생각대로다.'

"역시."

저 멀리에서 원을 그리며 진형을 빠르게 회전하는 세 부대를 바라보며 최혁수는 만족스러운 듯 고개를 끄덕였다.

탁−!!

"확실히 남부의 패자답군. 싸우지 않고 후퇴했으면 곤란할 뻔했거든."

여전히 존재하는 병력의 차이. 그럼에도 불구하고 그는 접은 부채를 앞으로 내밀며 말했다.

"진짜 언덕은 지금부터지."

최혁수는 강무열이 자신에게 이곳을 전장으로 삼으라고 한 이유를 알고 있었다. 단순히 언덕의 이점만이 다가 아니었으니까.

'이곳야말로 나를 위한 전장(戰場).'

그리고 이것은 앤섬 하워드라 할지라도 할 수 없는 일이다. 아니, 휀 레이놀즈뿐만 아니라 안톤 일리야 역시 결코 상상할 수 없는 일.

그 두 사람에게는 없고 무열에게는 있는 것. 책사 이전에 최혁수의 본질. 바로, 선술사(仙術士).

콰가강———!!

콰아아앙———!!!

여기저기에서 들려오는 폭음.

안톤 일리야의 선발대인 구시엘의 병력들은 3개의 부대의 동시다발적인 공격을 받고 혼란에 빠졌으나 점차 안정을 되찾기 시작했다.

"부대장들은 부대를 두 개씩 연합하여 적을 상대한다!"

"네!!"

"알겠습니다!!"

구시엘의 본대라 할 수 있는 6천의 병력 이외에 6개의 부대는 각각 열을 맞춰 언덕에서 내려오는 적을 향해 돌진했다.

스아아아앙———!!!!

그때였다.

"컥!!"

밀림 숲을 가로지르며 들리는 날카로운 파공음.

달리던 부대장 중 한 명의 몸이 마치 누군가 뒤에서 잡아당기는 것처럼 붕 떠올랐다.

숨이 막히는 소리와 함께 말의 등에서 떨어진 그의 목에 정확히 꽂힌 화살 하나.

즉사(卽死)였다. 부대장의 목에 박힌 화살은 아직도 그 기세를 죽이지 않고 파르르 떨리고 있었다.

"사격 준비."

언덕 위에 있던 강건우는 천천히 들고 있던 게르발트를 내리며 말했다.

콰드드득……!!

그의 명령이 떨어지자마자 비궁족(飛弓族)의 궁수들이 일제히 활시위를 당겼다.

"발사."

수아아아앙———!!

스아아앙——!!!

언덕 위로 쏘아진 화살들이 그대로 구시엘의 병력을 향해 쏟아졌다.

"크악!!"

"아아아악……!!"

여기저기에서 터져 나오는 비명.

놀라울 정도로 정확한 비궁족의 솜씨에 구시엘은 이를 악물 수밖에 없었다.

위치조차 가늠할 수 없는 곳에서 날아오는 화살들 때문에 또다시 병사들의 낯빛은 점차 더 어두워졌다.

'제길……!!'

구시엘은 상황이 좋지 않게 흘러간다는 것을 직감했다. 간신히 잡은 혼란을 다시 일으킬 수는 없는 일이었다.

"대장님!!"

그때였다.

척후병의 보고. 난전 상황에서 부하의 목소리는 제대로 들리지 않았지만 구시엘은 그가 가리키는 손가락의 방향을 보고 단번에 파악할 수 있었다.

"그렇군!!"

눈앞에 보이는 야트막한 언덕 하나. 나선으로 이어지는 공격의 근원이 바로 그곳임을 알 수 있었다.

'언덕의 기슭을 타고 빠르게 숲을 돌고 있는 거였어. 그렇다면……!!'

그는 악에 받친 목소리로 외쳤다.

"중앙이다!! 본대는 중앙 언덕을 차지한다! 모두 돌격하라!!!"

구시엘은 말의 옆구리를 발로 때리며 앞으로 달려가기 시작했다.

"저곳을 차지하면 이 빌어먹을 원형진도 끝난다!!"

와아아아아아———!!!!

혼란에 흐트러질 뻔했던 진형은 언덕이라는 목표가 생김과 동시에 선두에 선 구시엘로 인해 다시 굳건해졌다. 그를 따라 병사들이 일제히 중앙 언덕을 향해 달려가기 시작했다.

'됐어. 녀석들도 저곳을 사수하기 위해서 병력을 움직일 게

분명하다. 남은 병력까지 모두 쓸어버리고 타투르에서 본대를 맞이하겠다!'

빠득-!!

구시엘은 이를 갈며 언덕을 향했다. 높이는 그다지 높지 않았다. 단숨에 달려서 언덕을 점령하면 충분히 가능성이 있을 것이라 생각했다. 무엇보다 자신의 병력이 압도적으로 많았으니까.

병력의 수. 전투에서 승리를 결정하는 요소 중에 그보다 더 중요한 것은 없다고 그는 생각했기 때문이다.

"훌륭하군."

언덕을 향하는 구시엘을 보며 최혁수는 천천히 고개를 끄덕였다.

"그래도 안톤 일리야가 2만에 가까운 병력을 맡길 만한 남자긴 하네. 금방 혼란을 잡고 반격을 하다니."

"하지만 그것 역시 계산되어 있었던 것이죠."

"물론입니다."

앤섬 하워드가 최혁수가 있는 언덕에 오르며 말했다.

"맹장(猛將)이지만 그 힘에 취하면 앞뒤를 보지 못하니까. 그저 공격일변도의 전술만으로도 실패해 본 적이 없는 거겠죠."

"구시엘은 꿈에도 생각 못 할 거예요. 높지 않은 언덕을 빼앗아 봤자 수비에 용이한 것도 아니며……."

궁수부대인 비궁족을 제외하고 나머지 부대들이 계속 이동을 하면서 언덕 기슭만을 이용하는 데엔 단순히 기습 때문만은 아니었다.

"오히려 표적이 되기 쉽다는 것을 말입니다."

최혁수는 천천히 입꼬리를 올렸다.

와아아아아———!!

와아아———!!!

중앙의 언덕을 장악하며 올라선 구시엘의 병사들의 환호성이 여기까지 들렸다. 그들은 그 언덕을 중심으로 나머지 두 곳의 언덕까지 모두 빼앗기 위해 달리기 시작했다.

"언덕은 분명 싸움에 있어서 주요한 요소지만 우리는 언덕 쟁탈전을 하는 게 아니죠."

앤섬 하워드는 자신도 모르게 주먹을 쥔 손에 힘을 주었다. 담담하게 말하는 것처럼 보이지만 그 역시 긴장하고 있긴 마찬가지였다. 하지만 그와는 반대로 최혁수는 자신 있는 얼굴이었다. 오히려 자신의 전략이 하나하나 실현되고 있음에 희열을 느끼는 것 같았다.

"언덕 쟁탈전이라고 적이 생각하게 만드는 것. 그게 가장 중요한 전략이었으니까."

그리고 생각대로 구시엘은 그 미끼를 덥석 물었다.

콰아아앙……!!

콰아앙……!!!

언덕 위에서 터지는 폭음.

"이…… 이건?!"

지진이라도 난 것처럼 땅이 꺼지고, 아래를 향하던 병사들이 폭발과 함께 사방으로 튕겨져 나갔다. 갈라진 지면 위로 용이 오르는 것처럼 군데군데 날카로운 불꽃들이 솟아나 수십 갈래로 갈라지며 언덕을 에워쌌다.

"으아아악!!!"

"아아악!!"

폭발 뒤로 몰아치는 냉기. 병사들의 다리가 순식간에 얼어붙었다.

"……어?"

수백의 다리가 순식간에 바스라졌다. 그들은 아무런 반항도 하지 못하고 자신의 사지가 부서지는 것을 그냥 볼 수밖에 없었다.

와르르르륵ㅡㅡㅡ!!

자신들을 덮치는 불꽃을 피하기 위해 있는 힘껏 달리던 그들은 속도를 이기지 못하고 그대로 고꾸라지고 말았다. 선두에서 일어나는 혼란에 병사들은 서로 뒤엉키며 무너졌다.

"기습이 제1파라면 비궁족은 제2파. 그리고 마지막은……."

최혁수는 무너지는 진형을 바라보며 고개를 끄덕였다.

진법(陣法).

오직 환술사만이 할 수 있는 스킬이었지만 이걸 전투에 활용하는 사람은 극히 드물었다.

애초에 환술사라는 존재 자체가 적을뿐더러 고랭크가 되기도 힘들어 이 정도로 대규모 진법을 쓸 수 있는 사람이 없었기 때문이다.

환술사 최혁수의 진법술도 뛰어났었지만 선술사로 전직한 이후에는 실로 엄청난 위력을 발휘하고 있었다.

"훗, 열심히 발버둥 쳐 봐라. 하루 내내 공을 들여서 만든 거니 쉽게 빠져나갈 수 없을 거다."

천지(天地)의 진법, 법화(法話).

쐐기를 박아놓은 진법은 위력은 강하지만 마치 지뢰처럼 진법 자체를 움직이는 것은 불가능한 일이다.

'자신만만했던 이유가 다 있었구나. 완벽하게 구시엘을 언덕으로 유인했다.'

앤섬은 커다란 언덕 하나를 모두 집어삼킨 최혁수의 진법을 바라보며 감탄을 금치 못했다.

'위험하다.'

하지만 그 경탄 뒤엔 두려움도 공존하고 있었다.

과연 자신이 이길 수 있을까.

언젠가 맞붙어야 하는 상대라는 것을 앤섬 하워드는 잘 알고 있었기 때문이다.

"저기요."

"에?"

살의(殺意)를 품고 있던 자신에게 말을 걸자 앤섬 하워드는 살짝 놀라며 대답했다.

"이제 그쪽이 보여줘야 할 차례인 것 같은데. 휀 레이놀즈의 권세의 힘을 구경시켜 주시죠."

"물론입니다."

감정을 재빨리 감춘 앤섬은 우익 언덕에 있는 알란의 부대를 바라봤다.

"강무열의 부대가 뛰어난 부대라는 건 인정합니다. 하지만 저희 휀 레이놀즈의 권세가 가지는 힘은 조금 다릅니다."

그가 고개를 끄덕이자 전음이 전해진 듯 알란의 부대가 일제히 산개하기 시작했다. 마치 누군가를 맞이하러 가는 것처럼.

"공격하라!!!!"

그때였다. 언덕 아래에서 들려오는 강직한 외침.

"……."

최혁수는 그곳을 바라보며 눈을 흘겼다. 송곳 같은 삼각형 진형을 이룬 한 부대가 마치 적이 없는 들판을 달리는 것처럼 밑에서 위로 구시엘의 병사들을 꿰뚫고 있었다.

엄청난 돌파력.

촤아아악……!!

그 선두에 선 사람은 다름 아닌 휀 레이놀즈였다.

'저게…… 그건가?'

그가 이끄는 기마부대는 순식간에 구시엘이 있는 언덕의 정상까지 다가갔다. 하지만 최혁수의 눈길을 끄는 것은 그 강력한 힘이 아닌 휀 레이놀즈의 전신에 흐르는 붉은 아우라였다.

그건 그 혼자만 그런 게 아니었다. 그를 따르는 부대원 전부 휀과 같은 아우라가 감겨 있었기 때문이었다.

하이랜더의 2차 전직인 워 로드(Warlord)만이 쓸 수 있는 고유 스킬, 용맹(勇猛).

[일순간 사기를 높여 자신의 영역 안에 있는 부대원들의 두려움을 없애 전투 능력을 상승시킨다.]

[신체 능력 : 1.5배 상승]

[스킬 위력 : 2배 상승]

[지속 시간 : 1시간!]

"실제로 보니 진짜 엄청난 스킬이네요."

최혁수는 처음 전략을 짤 때 돌파를 맡게 될 부대를 휀이 직접 지휘할 것이라는 걸 듣고 놀라지 않을 수 없었다.

물론, 세븐 쓰론에서 권좌를 노리는 자들이 최강자라는 것을 알았지만 그렇다고 수만의 병력이 싸우는 전장에서 군주가 직접 지휘를 하는 것은 흔한 일이 아니었다.

하지만 직접 휀의 전투를 눈으로 보자 앤섬 하워드가 자신만만한 표정을 지을 수 있었던 이유를 알 수 있을 것 같았다.

'대장도 열화천(熱火遷)이란 부대 스킬을 가지고는 있지만 저거야말로 전쟁에 특화된 능력이다. 게다가 저건 휀 측에서 스스로 알려준 능력이다. 그 말은……'

앤섬 하워드가 최혁수를 보며 생각했던 것처럼.

'……워로드의 스킬이 저것 하나라고 단정 지을 수 없다. 아직 보이지 않은 능력들도 있겠지. 이 전투에서 휀 레이놀즈의 스킬을 모두 알아내야 해.'

최혁수 역시 휀 레이놀즈를 보며 그다음 적에게 대항할 방도를 머릿속에 떠올리고 있었다.

"확실히…… 휀 레이놀즈라는 존재로부터 권세가 만들어진다는 말이 무슨 의미인지 알겠네요."

고개를 천천히 끄덕였다.

"하지만."

한 사람에게 모든 것이 집중되어 있다는 건 다른 말로 하면 그 존재의 부재가 있을 시 그 힘 역시 반감된다는 의미이기도 했다.

강무열이 없는 자신들.

'우린 다르다.'

절대로 약하지 않으니까.

파아앗———!!!

휀 레이놀즈가 달리는 말에 박차를 가했다. 언덕을 질주하고 있는 그를 막을 수 있는 사람은 아무도 없을 것 같았다.

"마지막 초수. 제아무리 대군이라 할지라도 결국은 그 우두머리의 머리가 떨어지면 나머지는 오합지졸일 뿐이지."

최혁수의 눈이 빛났다.

두 사람이 머리를 맞대고 혈전을 벌이며 만든 책략 속에서 끝까지 숨겨놓은 수(手) 하나.

"승전보는 우리가 울린다."

그는 앤섬이 들을 수 없게 나지막하게 중얼거렸다.

"으아아아아……!!!"

휀 레이놀즈가 정상에 도달한 순간, 도망칠 곳을 찾는 적군 속에서 날카롭게 움직이는 섬광 하나가 있었다.

서걱—

1만 8천 명을 이끄는 장수의 죽음은 허무할 정도로 조용했다. 그림자 속에서 튀어나온 두 개의 비수가 양쪽으로 교차되며 거칠 것 없이 구시엘의 목을 베었다.

양팔에 장착되어 있는 자마다르(Jamadhar).

난전이 시작된 처음부터 반격을 받고 밀려나던 그 순간까지, 그저 한곳에서 이 순간만을 기다렸던 최혁수의 마지막 검.

적장의 목이 떨어지는 것을 보면서도 휀 레이놀즈는 결코 기뻐할 수 없었다.

"······!!!!"

그리고 그건 앤섬 하워드 역시 마찬가지였다.

"섬멸하라."

진아륜이 구시엘의 목을 들어 올리자 그와 동시에 다른 언덕에서도 은신하고 있던 갈까마귀들이 일제히 남은 부대장들의 목을 그었다.

너무나도 한순간에 벌어진 일이었기에 뇌원은 전투 중이었다는 것조차 잊은 침묵이 흘렀다.

타악――!!!

그 순간을 놓치지 않고 최혁수가 들고 있던 부채를 움켜쥐며 소리쳤다.

"적장의 목이 떨어졌다!!"

그 누구도 쉽사리 예상하지 못했던 결과.

1만 8천의 병력 중 뇌원에서 사망한 병력은 모두 8천. 여전히 수적인 우위에 있었지만 자신을 이끌어줄 우두머리가 없는 지금, 남은 병사들은 어떻게 해야 할지 몰라 그저 우두커니 서 있을 뿐이었다.

"모두 트라멜에 투항하라. 그렇다면 목숨만은 살려주겠다!!"

전쟁에서 중요한 요소는 병력의 수. 하지만 그보다 더 중요한 것은 전략을 짤 수 있는 책사였다.

앤섬 하워드는 선수를 빼앗겼다는 것을 직감했다. 그의 구겨진 얼굴과 동시에 최혁수의 목소리가 뇌원에 울려 퍼졌다.

"강무열의 승리다!!"

"돌아간다."

최혁수는 투항하는 구시엘의 병사들을 구속하며 빠르게 뇌원을 빠져나갔다.

"항복을 했다고는 하지만 여전히 적이다. 1만에 가까운 적군을 데리고 있는 건 위험부담이 큰 일이다."

"처리하는 게 좋다는 말인가요?"

"나였다면."

오르도 창은 냉정하게 말했다. 그의 말은 틀리지 않았다. 확실히 적군을 타투르에 들인다는 건 자칫 잘못하면 배후에 적을 두는 꼴이 될 수 있기 때문이었다.

하지만 최혁수는 고개를 저었다.

"오르도 아저씨는 이해 못 하겠지만 적이기 이전에 저들은 우리와 같이 세븐 쓰론에 징집된 사람들일 뿐이에요. 전투가 좋아서도 명예나 충성심을 위해 죽음을 택하기보다 다시 현실로 돌아가고 싶어 하는 마음이 클 뿐이죠."

"……."

"게다가 대장이 저에게 명했던 일이기도 해요. 물론, 포로들을 그냥 두진 않을 거예요. 나눠서 하오관으로 이송시킬 거구요."

"그렇군."

오르도 창은 최혁수의 말에 고개를 끄덕였다.

"그런데 어째서 기껏 전선을 앞으로 밀었는데 다시 돌아가는 거지? 안톤 일리야의 본대가 오려면 시간이 조금 더 남았는데. 이대로 뇌원에서 계속 싸우는 것이 더 좋은 게 아닌가?"

"한번 썼던 전술은 다시 쓰지 않는 게 좋아요. 추적을 하고는 있지만 뿔뿔이 흩어진 병사들이 있으니까. 게다가 안톤 일리야가 휀 레이놀즈처럼 전음(傳音) 스킬을 쓰지 않는다는 보장도 없고요."

"하긴, 거기까지는 생각하지 못했군."

"게다가 선발대가 단 한 번의 전투로 무력화되었다는 걸 들으면 안톤 일리야는 분명 뇌원을 통과하는 데에 있어서 신중할 수밖에 없을 거구요. 그리고."

전장을 앞으로 둔 가장 큰 목적.

"대장이 돌아올 시간을 버는 것이니까."

"하아……."

한 수, 한 수를 내다보고 그보다 더 앞 수로 대응하는 최혁수를 보며 오르도 창은 감탄을 금치 못했다.

"이왕이면 수훈을 얻는 것도 좋고."

멀리 떨어진 휀 레이놀즈의 병력들을 바라보며 최혁수는 피식 웃었다. 그의 옆에서 함께 걷던 진아륜이 그 모습을 보며 말했다.

"같은 승리지만 완전히 분위기가 다르지. 휀도 그렇고 특히나 앤섬 하워드란 녀석, 널 잡아먹을 듯 노려보던데."

"그렇겠죠. 그들이 왔을 때부터 전략을 짤 때까지 갈까마귀의 존재를 꼭꼭 숨기고 있었으니까. 전투가 일어나기 하루 전에 먼저 진법을 설치하는 척하면서 암살자들을 은신해 놓은 줄은 꿈에도 몰랐을걸요."

"네 덕분에 휀 녀석들이 언덕 근처에 아예 오질 못했으니까. 하지만 이쪽도 죽는 줄 알았다고. 은신을 유지하면서 밤을 보냈으니."

"고생하셨어요."

"덕분에 수확은 있었으니까. 그런데…… 이제 어떻게 상대할 생각이지? 무열도 너에게 그랬다면서 타투르가 방어가 될 해자가 존재하긴 하지만 전장으로는 좋지 않다고."

"그랬죠. 하지만 뇌원 다음으로 우리가 싸우기에 좋은 곳은 거기뿐이에요."

진아륜은 심각한 표정으로 말했다.

"최선(最善)을 쓸 수 없으니 남은 건 차선(次善)뿐이라는 말인가. 흐음…… 구시엘과 달리 안톤 일리야가 직접 지휘하는 병력이다. 골치 아프게 되었군. 그 수만 지금의 두 배가 넘는데."

"차선이 언제나 차선은 아니죠."

"……음?"

하지만 심각한 그와는 달리 최혁수는 앞을 바라보며 오히려 기대에 찬 목소리로 말했다.

"언제나 전장은 변하는 법이니까."

"이 개새끼들……!!!!"

구시엘의 전사를 보고받은 안톤 일리야의 막사는 분노로 가득했다.

3만의 대군을 이끌고 후발대로 도착한 안톤 일리야는 다시금 진격을 서두르고 있었다.

"구시엘의 주검은?"

"그게……. 언덕의 대부분이 불에 타서 알아볼 수가 없답
니다."

"빌어먹을."

이를 바득 가는 안톤 일리야를 보며 파비오는 그와 그의 형
제들에게 말했다.

"시간이 너무 지체되었어. 녀석들이 뇌원을 비우고 완전히
타투르로 돌아갔을 줄이야."

"그건 어떻게 되었지?"

"완성되었다. 신의 은총인지는 모르겠지만 이곳에 도착하
기 바로 직전에 연금 숙련도가 S랭크에 도달했다."

"과연……."

그의 말에 안톤은 으르렁거리듯 말했다.

"내 친히…… 녀석들의 살을 씹어 먹어주마."

"도착…… 한 건가."

타투르의 성벽에서 내려다보던 안슈만은 걱정 어린 눈빛으
로 전방을 향했다. 멀리 보이는 까마득한 적군을 보며 그는 낮
은 한숨을 내쉬었다.

"뇌원에서의 승전보를 듣고 기대했는데 어째서 다시 돌아

왔는지 이해가 가지 않네요."

"저 역시 마찬가지입니다. 하지만 두 세력의 책사가 모두 동의를 한 거니…… 뭔가 이유가 있겠죠."

"으흠……."

수잔 수아르는 조심스럽게 그 옆을 바라봤다. 혹여나 조금 전 자신들의 대화를 들었는지 걱정스러운 얼굴이었다.

성벽 위에 서 있는 또 다른 두 사람. 바로, 최혁수와 앤섬 하워드였다.

"네 말대로다."

"그렇죠. 내 말대로죠?"

"선봉대가 도착하고 정확히 나흘이 더 흘렀군."

인정하고 싶지 않은 표정이었지만 앤섬 하워드는 최혁수가 안톤 일리야가 뇌원을 통과해서 이곳에 오기까지 정확한 시간을 예측했다는 것을 인정할 수밖에 없었다.

"이제 어떻게 할 생각이죠? 저들이 진지를 구축하기 시작했어요."

"이대로 정면 승부는 힘들다고 보는데. 포로로 잡은 안톤 일리야의 병사들도 모두 보내 버렸고……."

최혁수는 안슈만의 말에 잠시 하늘을 바라봤다.

"지금쯤이면…… 올 때가 되었다고 생각하는데."

"누굴 말하는 거지?"

아까부터 뭔가를 기다리는 듯한 얼굴이었다.

"북부 7왕국이 오랫동안 명맥을 유지하면서 일곱 가문에게 전해지는 규율이 있다죠?"

"그걸……."

수잔 수아르는 생각지 못한 최혁수의 말에 깜짝 놀란 얼굴이었다.

"그런 표정 짓지 않으셔도 돼요. 이미 세 가문이 저희와 뜻을 함께하고 있으니 그 정도는 당연히 알고 있는 일이죠."

끄덕.

그녀가 고개를 끄덕이자 최혁수는 나지막한 목소리로 말했다.

"왕가의 맹약."

확실히 그런 것이 존재했다. 수백 년이 지난 오래된 약속이었지만…….

수잔 수아르는 최혁수의 말에 살짝 인상을 찡그렸다.

"하지만……."

"무슨 말을 하려는지 알아요. 그게 지켜진 적이 단 한 번도 없다는 걸. 게다가 그들은 오랜 전통과 자존심으로 맹약이 걸려 있다 하더라도 외지인에게 쉽게 자신의 병력을 내어주지 않겠죠."

앤섬 하워드는 최혁수를 바라보며 믿을 수 없다는 표정을 지었다. 그가 하고자 하는 말의 뜻을 알아차렸으니까.

"그런데 트라멜의 재상은 워낙 수완이 좋은 분이라……."

"네?"

그때였다.

씨익 웃는 최혁수의 시야에 들어온 것.

촤아아아악……!!!

포스나인을 기점으로 타투르 운하에서 동쪽으로 나 있는 강 끝. 저 멀리 서로 다른 세 개의 문장(紋章)이 그려진 깃발을 펄럭이며 빠른 속도로 내려오는 함선들이 있었다.

"서…… 설마."

"말도 안 돼."

그들이 누구인지는 최혁수보다 오히려 그가 더 잘 알고 있었다.

'북부 7왕국 중 동쪽 가문들. 어떻게 저들이…….'

위기의 상황에서 저들의 도움을 받는 것은 쌍수를 들고 환영할 일이었지만 앤섬은 오히려 입술을 깨물었다.

깃발에 그려진 문장은 낯익은 것들이었다.

아이리아, 노부카, 그리고 프로이가(家).

저들이 누구인가. 자신들의 거점인 레인성과 마찬가지로 동쪽에 위치한 북부 7왕국 중 3가문이었다.

'교단과 손을 잡으며 저들에게 동맹을 제의했었다. 하지만

그들은 우리의 제안을 거절했지.'

그뿐만이 아니었다. 타투르가 침공을 받게 되었다는 사실을 알리며 앤섬 하워드는 출병 전에 원군을 요청한 바도 있었다. 물론, 다른 소규모 부족과 달리 수천에 달하는 병력을 가졌다 하더라도 그들 역시 토착인. 외지인들 간의 전쟁에서 얼마만큼 큰 힘을 발휘할지는 미지수였다.

'도움이 되고 안 되고의 문제가 아니다. 포스나인 반대쪽에 있는 강무열의 제안은 받아들이고 더 가까이에 있는 우리의 제안은 거절했다는 것이다.'

촤아아아악……!!!

강물을 가르며 미끄러지듯 타투르를 향해 오는 함선의 선두에 서 있는 한 여성.

"게다가 또 우리 운반업자는 또 수완이 좋아서 못 가져오는 게 없거든요. 그게 가문이든, 병사든, 뭐든."

최혁수는 그를 바라보며 웃었다.

가죽 갑옷의 끈을 단단히 조여 늘씬한 허리가 여실히 드러나는 그녀. 최은별은 바람에 흔들리는 머리카락을 손으로 쳐올렸다.

"하여간 너무 부려먹는 거 아니에요?"

"전쟁이니까. 우리도 분발해야지."

어쩐지 그녀의 목소리가 들리는 것 같았다. 그리고 그의 옆에 팔짱을 낀 채로 서 있는 라캉 베자스의 얼굴엔 옅은 미소가 담겨 있었다.

"북부 7왕국의 모든 가문이 이곳으로 모였다는 건가……. 이거야말로 전대미문의 사건이로군."

북부 7왕국이 탄생한 지 어언 수백 년. 크고 작은 침공과 전쟁이 있었지만 그 오랜 시간 유지되었던 하나의 불문율이 있었다. 알카르 문양을 쓰는 서쪽의 3왕국과 로어브로크를 문장으로 삼는 동쪽의 3왕국, 그리고 칼두안을 신수로 모시는 타투르까지.

왕가(王家)의 맹약.

외압이 있을 시 서로 도와 그 세력을 막는다.

하지만 맹약은 그 목적보다 동시에 북부 7왕국 서로를 견제하는 용도로 쓰일 뿐이었다. 서로 다른 문장을 사용하는 이 7왕국이 모두 연합을 한 적은 단 한 번도 없었다.

'강무열…….'

수잔 수아르는 그 누구도 엄두를 내지 못했던 일을 오직 그만이 해냈다는 것을 인정하지 않을 수 없었다.

"어때요?"

최혁수는 당당한 표정으로 수잔 수아르의 옆에 서 있던 안슈만을 바라봤다.

"그리고 대장께서 전하라는 말이 있었어요."

"나에게?"

"아뇨, 두 분께요."

그의 말에 안슈만은 고개를 돌려 수잔을 바라보았지만 그녀 역시 최혁수가 무슨 말을 할 것인지 예상하지 못하겠다는 듯 고개를 갸웃거렸다.

"만약, 3왕국이 움직여 북부 7왕국이 모두 모이게 된다면……."

전장이라고 할 수 없을 정도로 침묵이 느껴졌다. 하지만 그 침묵이 깨지는 순간, 수만의 병력이 격돌하는 대전쟁이 일어날 것이다. 최혁수는 안톤 일리야의 병력을 바라보며 말했다.

"타투르의 성문을 열어라."

"……!!!"

"……!!!"

그의 말에 그곳에 있는 모든 사람이 경악하고 말았다.

"그게 무슨 말이야!! 수성을 해도 모자랄 판에 반대로 문을 열라고? 제정신이야?!"

앤섬 하워드는 더 이상 참을 수 없다는 듯 최혁수를 향해 소리쳤다.

"이건 목숨을 건 전쟁이야!!"

하지만 그의 반응에 최혁수는 오히려 차가운 눈빛으로 그를 바라봤다. 그의 눈동자에 담긴 서늘한 기운에 멱살을 쥐었던 앤섬 하워드는 당황한 표정을 지었다.

"알고 있어요. 트라멜에서부터 지금까지 우린 살기 위해서 싸웠으니까. 오직 그 목표 하나를 위해서. 우리는 단 한 번도 쉽게 생각한 적 없어요."

"그래서 지금 수만의 적이 기다리고 있는 이 상황에서 문을 열겠다는 거냐? 고작 몇천의 원군이 왔다고 전세가 역전되는 건 아니잖…… 습니까."

앤섬 하워드는 조금 전의 실수를 느끼고 말을 더듬거렸다. 똑똑하지만 그저 어린애라고 생각했던 자신의 안일한 생각을 짓밟는 모습.

"이기기 위해서 성문을 여는 겁니다."

"……."

"나흘."

최혁수는 정면을 주시했다. 당장에라도 타투르를 집어삼킬 것 같은 안톤 일리야의 대군을 바라보며 말했다. 앤섬 하워드는 그가 무슨 말을 하는지 이해하지 못했다.

"대장은 열흘이라고 했지만 상아탑에서 온 소식을 듣고 나흘 정도가 더 걸릴 거라 생각했죠."

"그게 무슨……?"

"청귀를 사냥하고 상아탑까지 들러서 타투르로 돌아올 시간을 포함해야 했어요. 정령술을 얻기 위해서는 상아탑의 순금이 필요하니까."

콰아아아아아앙———!!!!!

맹렬한 폭음이 안톤 일리야의 병력 앞에 떨어졌다.

"성문을 열라고 한 건 적을 맞이하려는 게 아니에요."

양쪽 어깨에 거북의 등껍질처럼 기묘한 무늬가 새겨져 있는 두꺼운 보호대가 햇빛을 받아 번뜩였다. 은색에 가까운 갑주는 어깨에서부터 허벅지까지 이어져 있고 그 위에 푸른색의 망토가 펄럭였다.

"저…… 저건."

앤섬 하워드는 갑자기 등장한 한 남자의 모습을 보자 놀란 얼굴을 감추지 못했다. 아니, 전장의 있는 모든 사람이 그러했다.

[크르르르르르르……!!!]

상공에서 마치 전투의 시작을 알리는 듯한 플레임 서펀트의 울음소리가 울려 퍼졌다.

최혁수는 허리를 꼿꼿이 펴며 앤섬 하워드에게 들리도록 또박또박 말했다.

"대장을 맞이하기 위함이지."

일촉즉발의 상황.

팽팽한 긴장감으로 인한 침묵이 가득한 전장에서 수만의 사람은 단 한 사람을 바라보고 있었다.

저벅– 저벅– 저벅–

그럴 리 없다는 걸 알면서도 그의 발걸음 소리는 저 멀리 안톤 일리야에게까지 들리는 것 같았다.

빠득.

너무나도 당당하게 걸어오는 무열의 모습에 다들 어안이 벙벙한 표정이었으나 그래도 가장 먼저 정신을 차린 것은 역시 그였다.

"저 새끼가……!!"

안톤 일리야는 바닥을 내려치며 자신의 쌍검을 뽑아 소리쳤다. 그가 양팔을 들어 올리자 그의 뒤에 서 있던 부하들이 일제히 소리쳤다.

"사격 준비!!"

수장의 분노에 정신이 바짝 들었다.

저 앞에 있는 자가 누구던가. 바로, 자신들의 형제와 자신들의 병사들을 죽인 자들의 수장이었다.

"복수다……!! 동료들의 복수를……!!!"

무열은 천천히 눈을 감았다.

'복수라…….'

타투르를 침공한 것이 누구인지 잊어먹은 것 같은 그들의 생각에 우습기도 하고 씁쓸하기도 했다.

어쩔 수 없다. 그들 역시 분노를 표출할 대상이 필요했을 것이다. 그리고 그게 자신이 되었을 뿐.

쏴아아악……!!

쏴아악……!!!

일제히 쏟아지는 화살들.

그 모습을 보며 강찬석과 오르도창은 타투르의 문을 통해 병력을 움직이기 시작했다.

"히이잉……!!"

하지만 그 순간 무열이 머리 위로 손을 들었다. 다급하게 카르곤의 고삐를 당기며 멈추었다.

콰가가가가가강———!!!

하늘에서 떨어지는 낙뢰(落雷).

무열을 향해 쏟아지던 화살들이 지면에 닿기도 전에 모두 시커멓게 타들어 갔다.

"……!!!"

수십, 수백도 아닌 수천의 화살이었다.

안톤 일리야의 병사들은 그 광경에 놀란 표정을 감출 수 없었다.

화살들이 시커먼 재가 되어 흩날렸다.

저벅- 저벅- 저벅-

아무 일도 없었다는 듯 무열의 걸음걸이는 변하지 않았다.

파앗-!!

그 순간, 그의 모습이 사라졌다.

"……!!!"

화살 세례를 뚫고 한달음에 수백 미터를 질주한 무열이 마치 순간 이동을 한 것처럼 안톤 일리야의 눈앞에 섰다.

"전쟁이란 그런 거다."

그는 담담한 목소리로 그에게 말했다.

"누군가의 목숨을 빼앗고 빼앗기는 것. 너 역시 그걸 모르고서 전쟁을 시작하지 않았을 테니."

"이…… 새끼가!!!"

콰아아앙-!!!

순간적으로 안톤 일리야가 자신의 허리춤에 있는 쌍검을 뽑아 무열의 목을 향해 찔렀다. 하지만 무열은 그의 공격을 피하기 위해 뒤로 한 발자국 물러난 뒤 반대쪽 발을 위로 차올렸다.

퍼억!

둔탁한 소리와 함께 안톤 일리야의 머리가 뒤로 획 하고 젖혀졌다. 비틀거리는 그 틈을 놓치지 않고 무열이 그의 어깨를 밟고 공중에서 한 바퀴 뒤로 돌며 다시금 팔꿈치로 안톤 일리야의 등을 찍었다.

"컥……!!"

단말마의 비명에도 불구하고 무열이 공격은 끝나지 않았다.

퍽……! 퍼버벅……!!

퍼벅! 퍽! 퍽!

쉴 새 없이 이어지는 무열의 공격. 그가 내지르는 주먹부터 차올리는 발까지, 모두 눈으로 좇을 수 없을 정도의 빠르기였다.

안톤 일리야의 몸 여기저기가 제각각 꺾였다. 그가 마치 하늘 위로 떠오르는 것처럼 보일 지경이었다.

콰아아앙……!!!

두 팔을 모아 있는 힘껏 안톤 일리야의 복부를 치자 마치 폭발이 일어난 것 같은 굉음과 함께 그의 몸이 수십 미터를 날아가 바닥에 처박혔다.

"대장!!!!"

부하들의 외침과는 달리 공격을 쏟아부었던 무열의 표정은 아무런 변화가 없었다.

'확실히…… 인간군 4강답군.'

무열은 안톤 일리야를 바라봤다.

"……."

바닥에 처박혔던 그가 서서히 몸을 일으켰다.

후드드득…….

투둑…….

일어난 그가 뺨을 훑자 부서진 돌가루들이 떨어졌다. 그의 얼굴에서부터 전신이 마치 진흙을 발랐다가 마른 것처럼 딱딱한 각질로 뒤덮여 있었다. 부서진 가루들 안쪽에 그의 진짜 얼굴이 나타났다.

"골렘화. 모습을 봐선…… 순간적으로 스톤 골렘의 능력을 사용해서 방어력을 높인 건가."

"클…… 내 능력을 알고 있다니. 놀랍군. 대부분의 녀석은 이게 뭔지 알지도 못하고 죽었는데."

무열은 안톤 일리야의 말에 살짝 인상을 찡그렸다.

'귀찮게 되었군.'

안톤 일리야가 번개군주라는 이명을 얻게 된 것은 그가 사용했던 뇌전과 뇌격 때문이었다. 두 자루 속에 담긴 번개의 힘이 워낙 눈에 띄는 것이기에 그런 이름을 얻었지만 그보다 그가 전투에서 더 주로 사용했던 스킬은 따로 있었다.

[육체변이술(肉體變異術)]

남부 일대에 소멸된 주술로 알려져 있는 고대 주술. 시전자의 육체를 특수한 형태로 바꿀 수 있다고 전해진다. 그 형태가 무엇인지는 전해지지 않아 그 누구도 알 수 없다.

'안톤 일리야는 이 스킬을 남부에 있는 피라미드에서 얻었다. 북부를 안정화시키는 시간 동안 방해받지 않은 그는 착실히 성장했군.'

최종 단계에 이르면 전신의 변형을 이룰 수 있어 전장에서 사람들은 그 스킬을 가리켜 조금 전에 무열처럼 불렀다.

바로, 골렘화.

'전생에서 그는 3가지의 골렘화를 했었다. 시기상 아직 완벽하진 않을 터.'

무열은 안톤 일리야를 바라보며 낮은 한숨을 내쉬었다. 하지만 조금 전 그가 안톤 일리야의 스킬을 보고 골치 아프게 되었다고 말했던 건 이기기 어렵기 때문이 아니었다.

오히려 그 반대.

'저런 능력을 가진 자를 죽여야 하다니.'

실로 아까운 일이었다.

무열은 자신을 노려보는 안톤 일리야를 향해 낮은 한숨을 내쉬었다.

'저 힘은 종족 전쟁에 분명 도움이 될 것이다. 하지만 그는 권세의 수장. 이강호, 염신위가 그랬던 것처럼 그 역시 나와의 전쟁에서 목을 내놓아야 할 것이다.'

"왜 그렇게 쳐다보지?"

"……."

'모두를 살릴 수 없다. 저들 중에 과연 몇이나 죽이고 나서야 이 전쟁이 끝날 것인가.'

강해지면 강해질수록 느껴지는 고민.

무열은 고개를 저었다. 그것이야말로 자신의 욕심이었으니까. 신이 아닌 이상 절대로 불가능한 일이라는 것을 알고 있었다.

그러나 그 신이야말로 자신들을 이런 상황에 놓이게 만들었다.

콰아아아앙---!!!!

양손으로 쥔 무열의 얼음발톱이 날카로운 검기를 머금고 위에서 정확히 수직으로 떨어져 내려왔다.

마도검술, 백색기검(白色氣劍) 3식(式).

그의 검날이 벤 허공에 마치 껍질을 벗기듯 공기 중에 흐릿한 잔상이 생겨났다. 아지랑이처럼 일렁이는 그 틈 사이에서 느껴지는 냉기가 새하얀 연기를 내뿜더니 순식간에 얼어붙기 시작했다.

"확실히. 마력을 받아들이는 건 뇌전보다 얼음발톱이 더 뛰어나군."

[살살 좀 다뤄주겠어? 그러다 검이 부서지겠어.]

그의 등 뒤에서 느껴지는 흐릿한 잔상(殘像).

안톤 일리야는 순간 자신이 잘못 본 것인가 하고 어리둥절했다. 하지만 그 모습은 점차 더 선명하게 변했고, 그는 곧 한 여인이 무열의 주위를 감싸고 있는 걸 볼 수 있었다.

"걱정 마라. 어차피 봉인은 이제 없으니. 네가 빠져나간 빈 자리만큼 마력이 채워질 수 있는 공간이 늘었으니까."

콰득…… 콰드드득……!!!

콰드득……!!!

허공에 갈라진 틈 사이로 공기 중의 수분이 순식간에 얼어붙는 것처럼 기괴한 소리가 들리더니 수백 개의 작은 얼음송곳이 만들어졌다.

스윽.

무열이 검을 사선으로 한 번 긋자.

스아아아악———!!!!!

날카로운 파공음과 함께 얼음송곳들이 일제히 안톤 일리야의 병력들을 향해 쏘아졌다.

"아악……!!"

"으아아악……!!"

여기저기에서 터져 나오는 비명.

엄청난 속도로 쏟아지는 얼음송곳은 수십의 병사를 일순간 관통하고도 여전히 속도가 죽지 않고 깊숙한 본진까지 날아갔다.

콰아아앙……!!

그 순간, 본진을 둘러싼 주위 바닥에서 단단한 철벽이 튀어나왔다. 쏟아지던 얼음송곳들이 철벽에 부딪히면서 산산조각이 났다.

"……."

바닥을 짚고 있던 손을 떼며 일어선 파비오 그로소는 날카로운 눈빛으로 무열을 바라봤다.

"제법이군."

무열은 자신의 공격을 막은 철벽을 훑었다.

'순간연성(瞬間錬成). 어느새 저 경지까지 도달한 건가. 확실히…… 세븐 쓰론 제1의 연금술사답군.'

조금 전까지 단단하게 생겨났던 철벽은 스파크와 함께 사라졌다.

"파비오 그로소, 당신도 이 권세에 있었군."

안타까운 목소리로 고개를 돌린 무열이 검을 거두며 말했다. 무열의 얼음송곳을 막은 파비오는 그를 경계했다.

"걱정 마라. 더 이상 살초를 쓸 생각은 없다. 전쟁은 이제막 시작되었으니까. 이건 너희들에게 보내는 인사일 뿐이었다."

"……."

"안톤 일리야, 나는 내일 네 목을 취할 것이다. 권좌를 두고 다투는 자라면 어쩔 수 없는 숙명이라 생각하겠지만 한 번쯤 분노를 내려놓고 생각해라."

무열의 말에도 불구하고 안톤 일리야는 오히려 으르렁거리는 목소리를 더욱 높여 말했다.

"개소리 집어치워. 네놈의 사지를 잘게 잘게 썰어 내 동생의 복수를 해줄 테니……!!!"

하지만 안톤 일리야의 말은 끝까지 이어지지 못했다.

"내가 해줄 수 있는 마지막 충고다."

서걱-!!

무열이 아무렇지 않게 다시 한번 허공을 검으로 베었다. 아무런 소리도 나지 않고 그 누구도 반응하지 못했다.

파앗……!!

안톤 일리야의 뺨이 날카로운 뭔가에 베인 듯 살점이 뜯겨 나가며 피가 흘렀다. 무슨 일이 일어난 것인지 몰랐다.

우드득……!

하지만 그 순간, 본진의 막사 위에 걸어놓은 대장기가 반으로 잘려 나가며 무너지는 소리가 들렸다.

"……!!"

적진의 한복판에서 무열은 아무렇지 않게 안톤 일리야의 대장기를 잘라 버렸다.

"이익……!!"

"큭……!!"

대장기가 바닥에 떨어지는 것을 보면서도 4대장 중 누구도 섣불리 나서지 못했다.

무열의 전신에서 풍기는 저릿저릿한 기세.

'뭐야…… 저 녀석.'

단순히 안톤 일리야와의 결투를 직접 두 눈으로 목격했기 때문이 아니다. 그들이 섣불리 나서지 못하는 것은 약해서가 아니다. 오히려 강하기 때문이었다. 무열의 강함에 본능이 싸움을 막고 있었기 때문이다.

'우리와…… 다르다.'

그들은 제각각 지역은 달랐지만 현실에서도 각각 내로라하는 조직의 행동 대원이었다. 안톤 일리야의 산하에 그들이 모인 것 역시 그 때문이었다.

살인을 해본 자와 해보지 않은 자. 목숨을 건 상황이 비일비재한 세븐 쓰론에서 가장 중요하다고 여긴 것이 그것이었고 그런 의미에서 안톤 일리야는 그들에게 있어서 누구보다 가장 훌륭한 수장이었다.

미국 태생임에도 불구하고 러시아 마피아 조직을 통합한 전설적인 인물. 게다가 멍청하게도 그걸 알면서도 덤볐던 마렉 일가를 남부 일대에서 완전히 씨를 말리는 잔혹함까지 갖춘 그에게 있어서 패배란 상상할 수 없는 일이었기 때문이다.

하지만 그런 4대장조차 눈앞에 있는 무열을 보며 공통적으로 생각했다.

'도대체…… 얼마나 많은 사람을 죽이면 저런 눈을 가질 수 있는 거지?'

살인의 영역에 있던 그들이었기 때문에 무열의 눈빛을 알 수 있었다.

하지만 그들조차 무열이 살인이 아닌, 전쟁이란 수라(修羅)를 겪었기 때문이란 것은 알지 못했다.

"내 말을 기억해라."

무열은 검을 거두었다.

"……."

몸을 돌린 순간, 마치 홍해가 갈라지듯 병사들이 무열의 길을 열어주었다.

그는 안톤 일리야를 향해 나지막한 목소리로 말했다.

"네가 정말로 날 이길 수 있을 것인가를."

"어휴, 도대체 무슨 생각이세요!!"

타투르 성안에서 쏟아지는 잔소리는 조금 전 전장에서 보이던 압도적인 모습과 너무나 대조적이었다.

"……알았으니까 좀 조용히 해줄래?"

무열이 지끈거리는 이마를 누르며 말했다.

"다짜고짜 단신으로 적진으로 들어가는 게 어딨어요? 아니, 누구는 머리 싸매고 겨우 전술을 짜내고 있는데 아주 혼자 무쌍을 하시네요."

타투르로 돌아온 무열을 맞이하는 건 환호성이 아닌 최혁수의 잔소리였다.

유유히 안톤 일리야의 본진에서 걸어 나온 그에게 모두의 시선이 쏠릴 수밖에 없었다. 하지만 그런 화려한 일을 벌인 것치고는 성안은 조용했다.

"누가 이 잔소리꾼 좀 치워주지?"

"후훗……."

"저희 군을 통솔하시는 책사님을 어떻게 함부로 하겠습니까."

윤선미와 강찬석의 말에 무열은 인상을 쓰며 고개를 저었다.

"끄응……."

하지만 이런 것이 싫지 않았다. 무열은 최혁수를 바라보며 말했다.

"뇌원 전투 이후에 타투르에서 수성이라……. 시간을 맞추지 못했는데 어떻게 알았지?"

"상아탑에서 먼저 연락이 왔어요. 지옹 슈가 순금을 만드

는 데 성공했다고. 그리고 그게 대장에게도 알려질 거라 생각
했죠."

"으흠……."

"원래대로라면 뇌원에서 1차 공방 이후에 후퇴를 할 생각
이었어요. 하지만 반대로 빠르게 병력을 뺀 것이 안톤 일리야
의 진격을 늦추게 만들었죠."

"그래서?"

최혁수는 무열의 물음에 어깨를 가볍게 들썩이고는 말했다.

"뭐, 그 뒤는 대장이 말씀하신 대로예요. 북부 7왕국이 모
두 모일 때까지 성문을 닫고 있었죠. 사실…… 삼 일째가 되
었을 땐 좀 떨리긴 했어요. 북부의 군사들이 움직인다는 것이
대장이 온다는 걸 의미한다고 생각했는데 도통 보이질 않았
으니 말이에요."

"흥, 뭘 봐?"

"누가 늦장을 부렸나 보지."

최은별이 아무것도 모른 척 콧방귀를 뀌자 최혁수 역시 눈
을 흘기며 말했다.

"네 예상도, 그리고 대장의 예상도 모두 똑같았다. 네가 상
아탑의 전령을 통해 딜레이될 시간을 예측했고, 대장은 북부
의 군사들을 출병시키는 것을 가까이에 있던 우리에게 알려
시기를 늦췄지."

"엑……? 그럼 늦게 도달한 게 대장의 명령 때문이었다는 거예요?"

"그래, 네 생각대로 상아탑에 들러야 했으니까. 타투르까지 따로 알리기엔 적이 알아차릴 확률이 높았거든. 말하지 않고도 널 신뢰한 거지."

라캉 베자스는 무열을 바라보며 가볍게 웃었다.

"그렇게 낮출 필요 없다. 두 사람의 수완이 좋아서 가능한 일이었으니까. 사실 북부의 남은 3왕국이 모두 움직일 거라고는 기대하지 않았으니까."

"대장께서 주신 이걸 보여주니 모두 뜻을 함께하더군요."

무열의 말에 그는 품 안에서 작은 소검 한 자루를 꺼내었다.

"기억하기로 번슈타인 가문에서 얻은 검이라고만 알고 있는데. 그 이상의 뭔가가 있나 보군요."

검에는 날이 없었다. 대신 검 면에 둥근 홈이 파여 있고, 그 안에 다섯 개의 보석이 박혀 있었다.

[혈맹(血盟)의 소검]

번슈타인 가문에서 대대로 내려오는 보검.

북부 7왕국에서 정한 왕가의 맹약의 증표로 사용되는 소검은 왕국의 존속과 이어지는 의미를 지닌다.

검 자체에는 아무런 능력이 없으나 검이 가진 그 힘은 가히 7왕국을 한데 모은 것과 같다.

　무열은 라캉 베자스에게서 소검을 받으며 고개를 끄덕였다. 처음에는 단순히 검의 구도자를 얻기 위한 퀘스트 아이템이라고 생각했지만 타투르에 도착해서 수잔 수아르와의 대화에서 이 검이 그 이상의 가치를 지녔다는 것을 알았다.

　'검 자체는 힘이 없으나 검은 또한 7왕국과 맞먹는 힘을 가진다.'

　이 말의 의미는 바로 지금과 같은 상황을 뜻하는 것이었다.

　하지만 그 힘만큼 짊어져야 할 무게 역시 무거워짐을 무열은 알았다.

　"7왕국의 수장을 모두 불러라."

　낮은 목소리로 무열이 말하자 홀의 정문에 서 있던 병사들이 일제히 고개를 숙였다.

　드드드드드드……!!!!

　거대한 홀의 문이 열림과 동시에 기다렸다는 듯 문 뒤로 보이는 일곱 명의 사람. 모두 제각각의 모습이었지만 공통되는 것은 있었다.

　바로, 무열을 바라보고 있다는 것.

　저벽– 저벽– 저벽–

　일곱 명의 수장 중 선두에 서 있던 아론 번슈타인이 먼저 무릎을 꿇었다. 그와 동시에 라니온가에서 직접 병력을 이끌고 온 튤리 라니온이 그 뒤를 따랐다.

"오랜만이군."

"더욱 강해지신 것 같습니다."

"고맙다."

두 사람의 대화에 다른 수장들의 이목이 집중되었다. 그들의 입장에선 자존심 강한 튤리가 직접 군을 이끌고 온 것은 놀라운 일이었으니까.

하지만 이건 트라멜에 있는 막내인 휴 라니온을 전장에 참여시킬 수 없다는 그녀의 의지였다.

"그란벨가의 엘시르입니다. 전하를 뵙습니다."

"아이리아가의 라이안이라고 합니다."

"노부카가의 네딘입니다."

"반갑습니다. 프로이가의 엘즈워드입니다."

그녀를 시작으로 남은 북부의 수장들이 무릎을 꿇으며 자신을 소개했다.

"이렇게 힘을 빌려준 것에 대해서 감사한다. 나를 아는 자도 있겠지만 모르는 자들도 있을 터인데 오래된 맹약을 따라주니 말이야."

"번슈타인가에서 혈맹의 소검을 맡겼다는 것은 북부 7왕국의 수장으로 인정하는 바라는 것을 뜻합니다."

과거 번슈타인가와 전쟁을 치렀었던 노부카였기 때문에 네딘은 벤퀴스 번슈타인의 무용(武勇)이 얼마나 대단한지를 알고 있었다.

그런 자가 인정한 사람이라면 그 누구도 그의 말에 반박을 하지 못할 것이다.

"혈맹의 소검이 없는 맹약은 이뤄질 수 없는 것이기도 하고요. 북부 7왕국은 오직 검 아래 맺어집니다."

무열은 엘시르의 대답에 천천히 고개를 끄덕였다. 마치 그 말이 검의 구도자를 뜻하는 것 같기 때문이었다.

"이것을."

북부 7왕국의 수장 중 마지막. 수잔 수아르가 들고 있던 보옥을 꺼내었다. 혈맹의 소검에 남은 빈자리.

탈칵―

무열인 타투르의 보옥을 받아서 끼우자 모두의 이목이 검에 쏠렸다.

7왕국이 탄생한 지 수백 년. 소검의 보옥이 모두 완성된 적은 단 한 번도 없었다.

전화위복(轉禍爲福).

어쩌면 타투르의 위기는 일곱 가문이 모두 모이게 되는 계기가 된 것일 수도 있었다.

우우우우웅……!!!

보옥들이 빛을 발하기 시작했다.

"저게 뭐지……?"

눈을 뜰 수 없을 정도로 화려한 빛과 함께 보옥이 소검의 날에 녹아내리듯 스며들자 그 빛은 창문을 뚫고 타투르 전역을 감쌌다.

홀에 들어가지 못한 휀 레이놀즈는 성벽 위에서 그 빛을 보았다.

"…….."

북부 7왕국의 수장이 모두 모인 것도 그렇지만, 알 수 없는 일이 일어나자 그를 비롯하여 앤섬 하워드와 3대장들의 표정 역시 굳어질 수밖에 없었다.

쿠르르르르르…….

그 모습은 타투르의 밖에 있던 안톤 일리야의 거점에서까지 보였다. 빛을 하늘을 뚫고 올라가 강맹한 소용돌이를 만들었고 점차 휘몰아치는 것처럼 구름들이 뭉치며 일렁이기 시작했다.

"…….."

안톤 일리야는 심상치 않은 타투르의 모습에 인상을 찡그릴 수밖에 없었다.

"모든 부대장을 집결시켜라. 그리고 파비오도."

"알겠습니다."

그의 명령에 막사에 있던 병사가 황급히 달리기 시작했다.

"강무열, 네 녀석이 무슨 짓을 하더라도 이번에는 절대로 쉽지 않을 것이다."

안톤 일리야는 고개를 저었다. 으르렁거리듯 말했지만 그 모습이 오히려 불안한 스스로를 다독이는 것 같았다.

츠으으으......!!!

홀의 빛이 사라짐과 동시에 새하얀 연기가 피어올랐다.

검의 손잡이를 잡은 손이 마치 달궈진 듯 새빨갛게 변했지만 화진검과 열화천을 다루는 무열에게 그 정도 열기는 아무렇지 않은 듯 보였다.

"오오……."

북부 7왕국의 수장들은 혈맹의 소검의 변화를 보며 탄성을 자아냈다.

"더 이상 소검이라 부를 수 없겠군."

보옥이 스며든 소검의 날이 일본도처럼 길게 늘어나 장검으로 변했기 때문이다.

[월드 퀘스트를 발견했습니다.]

검의 변화와 동시에 나타난 메시지창을 바라보며 무열은 천천히 고개를 끄덕였다.

[퀘스트명 : 혈맹(血盟)의 길]
[난이도 : S-S급]
[보상 : 검의 수행자]
[북부 7왕국이 하나로 모였을 때 찾을 수 있는 북부의 검. 전설로만 알려진 검의 구도자(Seeker of the Sword)를 복원하기 위한 고난의 길은 오직 선택받은 자만이 이룰 수 있는 위업이다.
그 길은 험하나 그 끝은 대륙을 통틀어 정상에 선 자에게 가장 어울릴 것이다.]
[퀘스트를 수락하시겠습니까?]

무열은 메시지창을 다 읽고 난 뒤에 들고 있던 검을 바라봤다.

[검의 여행자(Ascetic of the Sword)]
북부 7왕국의 맹약의 주인만이 그 증거로 사용할 수 있는 검.
아직 완성된 것이 아니기 때문에 본연의 힘을 모두 찾기 위해서는 오랜 시간이 걸릴 듯싶다.

등급 : S급(유니크)

분류 : 무속성 마법검

내구 : 100

효과 :

 공격력 +25%

 절삭력 +19%

 추가 마법 대미지 +20%

 추가 마법 방어 +15%

검에서 강하게 느껴지는 기운. 뇌격과 뇌전, 그리고 얼음발톱을 가진 그였지만 이 검의 날카로움과 비교할 때 나머지 검들은 한 수 접을 수밖에 없을 것 같았다.

그럼에도 불구하고.

'아직 완성된 것이 아니다.'

검의 여행자, 수행자를 넘어 마지막으로 구도자를 완성하였을 때 비로소 월드 퀘스트가 끝날 것이다.

[녀석, 뭐가 그리 좋아서 씰룩거리는 거냐.]

"훗."

무열이 쿤겐을 향해 말했다.

"이 검, 마법검이지만 속성이 없다. 아니, 애초에 마력 자체엔 속성이 없으니까. 그게 무엇을 의미하는지 넌 알겠지?"

[그 어떤 속성이라도 받아들일 수 있다는 뜻이겠지.]

대답은 쿤겐이 아닌 에테랄에게서 들렸다.

"그래, 맞아. 정령술을 배웠다고는 하지만 정령왕의 힘을 모두 현신한다면 건 내 육체가 버티지 못해."

[무슨 뜻이지? 우릴 다시 봉인이라도 하겠다는 말이냐.]

"성급하게 생각하지 마라. 애초에 너희들은 그전에 봉인되어 있었던 무구들을 매개체로 쓰고 있으니까."

[……]

그의 말대로 무열은 영리하게 자신의 몸 안에 있는 정령술과 함께 봉인의 무구를 이용해서 소모되는 정령력 반으로 줄이고 있었다. 그렇기 때문에 두 명의 정령왕을 동시에 소환하는 것이 가능한 것이었다.

"하지만 정령왕 중에서도 너희와 다르게 원소가 아닌 왕들이 있지."

[설마……]

"그래, 2대 광야. 속성이 없는 이 검이라면 그 둘의 힘을 동시에 사용할 수 있는 매개체로 더할 나위 없겠지."

무열은 나지막이 웃었다.

단순히 완성된 검의 위력이 과연 어떻게 될지 설레는 것이 아니었다. 전생(前生)에서도 검의 구도자는 존재했으니까.

그러나 그때와 지금이 다른 것.

'이강호가 아닌 내가 이 검을 쓴다는 사실이다.'

검술밖에 없었던 이강호가 검의 구도자를 사용할 수 있는 방법은 오로지 검(劍)에 국한되어 있었다. 하지만 무열은 검의 설명을 보고 직감했다.

'마법검(魔法劍).'

이강호뿐만 아니라 그의 다섯 제자 중에 그 누구도 이 검을 제대로 쓰지 못했을 것이다.

"할 일이 하나 더 늘었군."

무열은 천천히 검을 허공에 그으며 자신의 명령을 기다리는 북부 7왕국의 수장들을 바라봤다.

"모두 일어서라."

그의 말은 홀 안을 가득 채웠다. 설명은 필요 없었다. 혈맹의 소검을 든 그는 이제 명실공히 북부 7왕국의 주인이었기 때문이다.

그는 천천히 그들을 향해 말했다.

"이제 결착을 지을 때다."

"아직 잠을 자지 않다니……. 너라도 긴장되는가 보군. 걱정 마라. 오늘 야습(夜襲)은 없을 테니까."

횃불을 밝힌 성벽에 서 있던 최혁수가 고개를 돌렸다. 어스름이 깔린 밤에 보초병들 사이에 모습을 드러낸 건 다름 아닌 무열이었다.

"그런 건 아니에요. 게다가 아까 전에 그렇게 한번 휘저어 놨으니 오늘은 엄두를 못 내겠죠. 오히려 안달이 난 건 휀 쪽일걸요?"

"그래?"

"앤섬 하워드와 전략을 짤 때 보니까 궁금해서 미칠 것 같은 얼굴이더라고요."

최혁수는 조금 전 상황을 떠올리며 피식 웃었다.

"승률은 51 대 49라고 했지?"

"그랬었죠. 지금은 아니지만. 그건 대장의 부재를 염두에 두고 짠 것이거든요."

"내가 올 거라는 걸 믿었다면서?"

"당연히 저야 믿죠. 하지만 휀 녀석들에게 확신을 줄 필요는 없잖아요. 전략은 항상 최악의 상황을 상정하고 짜는 거니까."

그는 무열을 바라봤다.

"하지만 이제 그럴 필요가 없죠."

"그럼 승률은?"

"당연히 100%죠."

엄지손가락을 치켜세우는 최혁수를 바라보며 무열이 되물었다.

"그럼 어째서 잠을 이루지 못하는 거지?"

"그 이후 때문이죠."

"그 이후?"

"인간계 주신인 락슈무가 우리를 이곳으로 징집했을 때 그랬죠. 권좌에 오르는 것은 단 한 명, 그 한 명의 소원만을 들어주겠다고."

"그랬지."

"그리고 대부분은 그 소원이 현실로 돌아가는 것이라고 생각할 거예요. 저 역시 그렇고요."

무열은 고개를 끄덕였다.

"나 역시, 그러하다."

최혁수가 말하고자 하는 것이 무엇인지 알았다.

"적은 안톤 일리야 하나가 아니라는 것이겠죠."

동맹을 하고 있지만 결국은 쓰러뜨려야 할 적인 휀 레이놀즈의 권세. 뿐만 아니라 타투르를 오게 됨으로써 남부에 그대로 두었던 용족을 다루는 정민지와 북쪽에 있는 카토 치츠카, 그리고 나머지 크고 작은 권세들까지.

"문제는 얼마만큼의 피를 묻히고 얻게 될 것이냐는 것이겠죠. 과연…… 현실로 돌아갔을 때 우리는 그 이전처럼 아무렇지 않을 수 있을까요?"

"……."

최혁수는 무열을 바라봤다.

"하루에도 수십 번 이런 생각을 해요. 돌아갔을 때 모든 게 꿈이고 잊어버릴 수 있는 소원은 어떨까. 그렇게 된다면 내가 죽인 수백, 수천의 사람이 다시 살아날 수 있을 텐데."

그는 자신의 손을 붙잡았다. 불세출의 천재라 불리며 전장의 귀신이 되었던 그는 병사들을 도구로 썼던 냉정한 책략가였다.

'어쩌면…… 어린 나이로 이 상황을 받아들이는 것이 힘들었기 때문일지도 모르겠군.'

그가 망가진 이유. 아이러니하게도 그건 죄책감일지 모른다. 그 무게가 그를 짓눌렀고 그것을 잊기 위해 맹목적으로 승리를 좇았던 것.

툭.

무열은 무심한 표정으로 그의 어깨에 손을 얹었다.

"언제나 내가 얘기하지. 우린 신이 아니다. 네 말대로 그런 소원을 빌 수도 있겠지. 하지만 결정을 하는 것은 오직 신뿐."

최혁수는 그의 말에 고개를 끄덕였다.

"권좌는 하나이고 그곳에 오른 자만이 소원을 이룰 수 있다

면…… 내가 아니더라도 적어도 제대로 된 소원을 빌 수 있는
자가 올라야겠지."

"이제는 대장이 아니고서는 그곳에 어울리는 사람을 상상
할 수 없는걸요."

그의 말에 피식 웃으며 무열은 어깨에 올렸던 손을 떼어 검
에 가져갔다.

스르릉.

검집에서 뽑힌 검이 파르르 떨렸다.

'그리고…… 신이 아니기에 빌어먹을 그놈에게 검을 꽂을
수도 있는 법.'

날카로운 예기가 달빛에 반짝였다. 아직까지 단 한 방울의
피도 먹지 않은 이 검도 몇 시간만 지나면 수많은 사람의 피
가 스며들 것이다.

"피를 흘리지 않는 전쟁은 없다. 그렇기에 최소한의 피를
흘려 전쟁에서 이기는 것. 그것이 너와 내가 해야 할 일이지."

"대장은 조금 다르지 않아요?"

"그게 무슨 말이지?"

검의 여행자를 바라보던 무열이 고개를 돌렸다.

"항상 대장은 최소한의 피해로, 혹은 혼자서 해결하려 하면
서 승리를 만들었죠. 지금도 그렇고요. 당연한 말이라 생각하
지만…… 대장은 저와는 달라요."

"어떻게?"

"피를 흘리지 않고 싶어서라기보다 빨리 이 일을 끝내고 싶은 것 같은 모습이죠. 하지만 그렇다고 막연히 권좌에 올라 현실로 돌아가고 싶어 하는 느낌도 아니에요."

"……."

"꼭 해야 할 다른 일을 남겨놓은 사람처럼. 항상 이 전쟁을 빨리 마무리 짓고 다음 일을 해야 할 것 같은 모습이니까."

무열은 최혁수의 말에 놀라지 않을 수 없었다. 그에게 종족 전쟁에 대한 이야기를 하지 않았으니까.

안슈만과의 대화에서 타차원의 종족들이 이곳에 왔다는 이야기는 했으나 그걸 포착하고 있는 안슈만조차도 종족 전쟁이 일어날 거라는 예상은 하지 못했으니까.

단순한 위기.

혹은 인간끼리의 싸움의 판도가 그들로 인해 바뀔 수 있다는 걱정 정도였을 뿐이었다.

"만약…… 그렇다면?"

"그게 뭔지는 모르겠지만 준비해야겠죠. 그러기 위해서는 지금 이 전쟁을 빨리 끝내야 할 필요도 있고."

최혁수는 더 이상 묻지 않았다. 무열이 무엇을 준비하고 무엇을 생각하고 있는지.

"문제는……. 안톤 일리야와의 전쟁의 결과가 권좌를 결정하는 데에 있어 다가 아니라는 거겠죠."

성안에 전투준비를 하고 있는 병사들을 바라보며 그는 말을 아꼈다.

"휀도 똑같은 생각을 하고 있을 거다."

"그렇겠죠."

최혁수는 고개를 끄덕였다.

"혼전을 틈타 적이 아닌 동맹군의 목을 치는 건 쉽지 않은 일이에요. 하지만 이번 기회에 두 사람을 모두 처리할 수 있다면…… 대장이 생각하시는 '그 일'을 준비할 수 있는 시간이 더 생기겠죠."

그의 말에 무열은 어째서 그가 늦은 시간까지 이곳에 있었는지 알 수 있었다.

"그걸 고민하고 있었던 모양이로구나."

"뭐…… 사실 뇌원 전투에서 갈까마귀의 존재를 밝히게 된 지금 암살자들에 대한 대비도 철저할 테니까요."

그는 아쉬운 듯 입맛을 다셨지만 1만에 가까운 병사를 죽이지 않고 살릴 수 있는 방법으로 갈까마귀를 내보인 것을 후회하진 않았다.

전생에서는 볼 수 없던 그의 신념.

"잘한 선택이다. 전쟁이 계속 이어졌다면 필시 그들의 목숨을 살릴 수 없었을 테니까."

"그렇죠?"

무열의 말에 최혁수는 마음의 짐을 던 것처럼 낮은 한숨을 내쉬었다.

"그리고 그다음 수도 걱정하지 마라."

"……네?"

"아직 보이지 않은 수가 있으니까. 녀석에게 복수를 하고 싶어 안달이 난 맹수가 하나 있잖느냐."

최혁수는 손뼉을 치며 동그랗게 눈을 떴다.

"……설마."

"그래."

무열은 곧 전장이 될 초원을 바라보며 나지막하게 웃었다.

"산군(山君)을 풀어놓을 거니까."

하지만 놀라움도 잠시. 무열이 생각한 뛰어난 계책만큼 결국 그 상대는 죽을 것이란 것을 알고 있는 최혁수의 표정은 좋지 않았다.

'고민하고 있군.'

전투를 앞두고 이런 생각이 부질없다는 것은 훈련소에 있었던 그는 누구보다 뼈저리게 잘 알았다.

하지만 무열은 그런 그를 가만히 두었다. 이곳은 오직 전투를 위해 병사를 기르는 훈련소가 아니니까.

'넌 모르겠지만 너의 그 변화만으로도 나는 내 선택이 틀리지 않음을 느낀다. 죽음에 있어서 고민을 하는 최혁수의 모습을 볼 수 있을 것이라고는 상상하지 못했으니까.'

"대장의 말대로 결착을 지을 때군요."

무열은 최혁수의 말에 고개를 끄덕였다. 동이 트려는지 어두웠던 하늘이 서서히 밝아지고 있었다.

그는 천천히 말했다.

"그래."

그 짧은 대답이 전쟁을 알리는 나팔 소리만큼 크게 최혁수에게 와닿는 것 같았다.

츠ㅇㅇㅇㅇ······.

타투르의 성벽을 두고 안톤 일리야의 병력이 천천히 전진하기 시작했다.

2km······ 1km······.

서서히 좁혀오는 거리와 함께 진군을 하고 있음에도 불구하고 그의 병사들은 방패 뒤에 숨어 불안한 얼굴을 감출 수 없었다.

화살받이.

며칠 전 무열의 무위를 본 병사들은 기껏해야 대장 스킬로 만든 이 방패가 얼마만큼 도움이 될지는 안 봐도 뻔한 일이었다.

척.

타투르의 성문이 열리고 배치된 무열의 병사들 역시 눈앞의 적을 두고 긴장한 모습이었다.

"역시……."

병사의 선두에 있던 무열은 나지막한 목소리로 중얼거렸다.

"마치 단 한 번의 전투로 모든 것을 끝내려는 듯 전 병력을 이끌고 왔군."

자신의 경고를 무시하고 결국 전 병력을 이끌고 힘으로 찍어 누를 기세로 나타난 안톤 일리야를 바라보며 그가 말했다.

"너무 속이려는 것이 보여 오히려 눈에 띄는군."

"그러게요."

최혁수는 무열의 말에 동의했다.

"모든 부대장에게 기습에 대비하라 전해라."

"알겠습니다."

차악–

처저적———!!!

무열이 손을 들어 올리는 순간, 북부 7왕국을 비롯한 모든 병력의 깃발이 위로 솟구쳤다.

그 모습에 안톤 일리야 역시 재빨리 전투태세를 취했다.

서로의 깃발이 바람에 흔들리는 것을 바라보며 일순간 정적이 일었다.

그리고.

"모두 돌격하라!!!"

"공격———!!!"

두 수장의 외침이 터져 나오는 순간.

와아아아아아아아———!!!

와아아아———!!!

인류가 징집된 이래로 세븐 쓰론 최초로 수만의 대군이 서로 격돌하는 순간이었다.

"어떻게 생각해?"

"말해 무엇 하겠습니까. 이미 아시잖습니까. 강무열이 강하다는 건."

대격돌이 일어나고 있는 전장을 내려다보며 언덕 위에는 세 사람이 있었다. 그중에 기다란 창을 들고 있던 남자가 앞에 있는 남자에게 말했다.

"솔직히 이런 말을 입에 담으려니 오글거리지만 무신(武神)

이라 칭해도 과언이 아닙니다.”

그의 눈은 수만의 병사가 뒤엉켜 있는 곳에서도 단 한 명만을 주시하고 있었다. 강무열이었다.

“일대일로 싸운다면 승리를 예측하기 어렵습니다. 아니, 솔직히 절대로 이길 수 없을 겁니다.”

“당신이 그렇게 말하니 그런 거겠지. 무예도(武藝道)의 계승자가 하는 말이니 말이야.”

두 눈을 감고 있는 짧은 스포츠머리에 남자는 낮은 한숨을 내쉬었다.

“아직도 마음이 내키지 않는 건가?”

“그렇지 않습니다.”

“무예도는 살인이 아닌 스스로를 정갈하게 단련시키는 것에 의의가 있다. 이념은 잘 알겠지만 그렇게 가만히 앉아 있어서는 아무도 해주지 않아.”

반박할 수 없는 말에 그는 고개를 끄덕였다.

“너무 깊게 생각하지 마라. 카토 치츠카가 시건방진 꼬마이긴 하지만 따르기로 결정했다면 말이야.”

“훗…….”

자신의 이름이 불리자 남자의 앞에서 가벼운 웃음소리가 들렸다.

카토 치츠카는 고개를 돌렸다.

"당신이 보기에도 그렇게 생각합니까? 맹호(猛虎)."

"뭐…… 인정하고 싶지 않지만 일대일로 싸운다면 장담할 수 없지. 하지만…… 녀석에게 이걸 써보고 싶긴 하군."

카토 치츠카의 앞에 있는 다른 한 명은 조금 전 남자와 달리 탄탄한 근육의 다부진 체격을 가진 남자였다. 키도 두 사람보다 훨씬 큰 그의 양팔에는 원형 차크람이 있었다.

차르릉―

둥근 날에는 불꽃과도 같은 문양이 새겨져 있으며 날의 테두리는 마치 태양의 일렁거림을 연상케 하는 톱니가 지그재그로 나 있었다. 살아 있는 것처럼 경쾌한 소리를 내며 날이 울었다.

폭염왕 라미느의 힘을 봉인한 차크람, 불타는 징벌(Flame Punish).

카토 치츠카의 옆에 서 있던 남자는 놀랍게도 이강호의 두 번째 제자였던 김호성이었다.

"이봐, 그렇게 똥 씹은 표정 하지 마라. 너의 빙결창(氷結槍) 역시 못지않은 훌륭한 무기니까."

김호성의 얼굴에는 패기가 넘쳐흘렀다. 그런 그를 보며 남자는 담담한 목소리로 대답했다.

"빙결창은 무구가 아닌 스킬의 이름일 뿐입니다. 무예도의 전승창법. 현실에서 익혔던 창술이 스킬화가 될 수 있다는 걸 생각하지 못했던 게 아쉬울 따름입니다."

김호성은 그의 말에 피식 웃었다.

"하지만 그 창 덕분에 네 창술이 완성되었다고 너 스스로 말했잖아? 안 그래? 노승현."

그리고 또 한 명. 이강호의 네 번째 제자였던 노승현은 김호성의 말에 조용히 눈을 감았다.

전생에서 동문(同門)이며 다섯 제자 중에 가장 서로를 의지했던 두 사람이었지만 지금은 그들의 말투에서 그 어떤 정도 느껴지지 않았다.

하지만 중요한 것은, 지금 이 순간 이강호의 제자 네 명이 모두 한 전장에 모였다는 점일 것이다.

그리고 그 네 명이 서로 다른 편에 섰다는 것.

한때는 한뜻 아래 모였던 네 명이 이제는 적이 되어 서로에게 검을 겨누게 되었다.

"강무열."

카토 치츠카는 팔짱을 낀 채로 흥미로운 듯 그의 이름을 나직이 읊조렸다.

그는 직감했다. 결국 마지막에 권좌를 두고 싸울 것은 바로 이 둘이라는 것을.

스으으으윽…….

그때였다.

"주군, '그것'이 완성되었다는 전갈입니다."

공간이 일렁이더니 어둠 속에서 한 인영이 나타나 무릎을 꿇으며 말했다.

지이잉…….

복면을 쓰고 있는 남자의 손목에 푸른색의 옥으로 된 팔찌가 감겨 있었다. 카토 치츠카의 것과 똑같은 것이었다. 그리고 그건 그뿐만 아니라 김호성과 노승현의 손목에도 똑같은 것이 있었다.

"드디어……."

복면인의 보고에 두 사람은 고개를 끄덕였다.

"돌아간다."

카토 치츠카는 크게 숨을 들이마시며 전장에 선 무열을 다시 한번 보고는 몸을 돌렸다.

마지막이라 생각하는 결착의 순간 또 다른 전쟁이 같은 장소에서 시작되고 있었다.

68장
말톤 일리아전(戰)

타투르 내의 수비를 맡은 안슈만의 자유군 1,500명.

거점을 중심으로 오른쪽 진형에는 최혁수가 이끄는 북부 왕국군 4,000명과 오르도 창이 이끄는 2,000명의 병력.

그리고 반대쪽엔 휀 레이놀즈가 이끄는 3,000의 병력이, 마지막으로 중앙에는 아론 번슈타인이 이끄는 북부 왕국군 2,000명과 무열군 1,000명이 집결되어 있었다.

총 군사력 1만 3천 500명.

중앙에 안톤 일리야가 이끄는 본대 5,000명과 최혁수의 맞은편엔 4대장 중 두 명이 이끄는 1만의 병력이 반대쪽엔 나머지 대장들이 이끄는 1만의 병력이 각기 포진되어 있었다.

후방에 파비오 그로소가 맡고 있는 지원군 7,000의 병사들은 다른 병사들과 달리 복면으로 얼굴을 가리고 검은 로브를 입고 있었다.

총 군사력 3만 2천 명.

약 2배의 병력 차이. 수성(守城)의 상황에서 어쩌면 이 정도의 차이는 충분히 승산이 있는 싸움이라 생각할 수 있다.

하지만 문제는 병력의 수가 아니었다. 중요한 것은 병력의 질.

토착인으로 구성되어 있는 북부 7왕국의 6,000명의 병력은 사실상 큰 전력이 될 수 없었다. 사실상 오른쪽엔 2,000명의 병력이 중앙에는 1,000명의 병력이 포진되어 있다고 봐도 과언이 아니었다.

1만 대 2천.

5천 대 1천.

1만 대 3천.

그 어느 곳 하나도 우위에 선 곳은 없었다.

"돌격하라!!!!"

그럼에도 불구하고 무열은 적진을 향해 달리기 시작했다. 무모해 보일 정도로 올곧은 공격임에도 불구하고 그의 뒤를 따르는 병사들에겐 망설임이 없었다.

콰아아아앙……!!!!

콰가강……!!

본진이 서로 부딪히는 순간, 우익을 맡고 있던 안톤 일리야의 4대장인 레반이 등에 메고 있던 거대한 도끼를 뽑아 들며 말했다.

"다들 정신 바짝 차려라. 구시엘의 원수를 갚는 거다. 알 겠나!!"

"넵———!!!!"

병사들의 외침을 들으며 레반이 병사들을 진출시켰다. 그 모습을 보면 반대쪽에 있던 블라논의 기병대도 움직이기 시 작했다.

"간다……!!"

세 방향에서 일제히 달려드는 적군들. 전략은 없었다. 오로 지 압도적인 힘과 병력으로 밀어버릴 생각으로 몰아치는 공 격이었다.

'기습이 있다 했다.'

'어디를 노리는 거지?'

'과연…….'

하지만 그들의 공격을 바라보면서 좌익의 최혁수와 우익의 앤섬 하워드, 그리고 본진에 안슈만은 조금 전 개전을 알리기 전 무열의 말을 머릿속에 담아두고 있었다.

촤아아악……!!

레반의 도끼가 현란하게 움직이며 피를 흩뿌렸다. 북부 7왕 국의 병사들은 그의 무위에 추풍낙엽처럼 쓰러지고 있었다.

"하하하!! 버러지 같은 놈들!!!"

"이놈……!!"

북부 왕국군의 선두에 배치된 노부카가(家)의 천인장이 질주하는 레반을 막아섰다.

두꺼운 히터 실드(Heater Shiel)로 얼굴을 가리며 있는 힘껏 검을 내질렀다.

푸욱—

그러나 단단해 보였던 방패는 갑옷과 함께 그대로 레반의 도끼에 무참히 부서졌다.

"크하하하하!!!"

광기에 찬 그의 웃음소리가 들렸다.

"발사!!"

최혁수의 목소리가 들렸다.

비궁족들의 화살이 일제히 전장을 질주하는 레반을 향해 쏟아졌다.

푸욱……!!

몇 개의 화살이 그의 어깨에 박혔지만 그는 아무렇지 않은 듯 뽑은 화살을 부러뜨리며 바닥에 집어 던졌다.

"이따위 것, 수백 발을 쏴도 나를 죽일 수 없다!"

살육의 현장. 그의 두 눈이 핏발이 선 것처럼 붉게 변했다. 버서커(Berserker)로 전직한 그는 상처 따위는 안중에도 없다는 듯 비웃었다.

"괴물……."

북부 왕국군의 병사들은 단 한 명의 위력에 압도되어 싸울 의지를 잃은 듯 보였다.

스아아아아앙……!!!

바람을 꿰뚫고 쏘아진 화살 한 발.

콰아앙-!!!

도륙하고 있는 레빈의 얼굴을 향해 정통으로 날아온 화살이 굉음을 내며 그와 부딪혔다. 날뛰던 그가 그 충격에 말에서 떨어지며 바닥을 굴렀다.

"크윽?!"

비궁족부대 선두에 서 있던 강건우는 천천히 게르발트를 내려놓았다. 활대를 잡고 있는 그의 손이 푸르게 변했다.

"후우."

게르발트를 잡아당기자 손에 머금었던 푸른 기운이 로어브로크의 털로 만들어진 시위에 흡수되었다. 힘을 주자 세 개의 화살이 빛과 함께 생성되었다. 오직 게르발트만의 특수 스킬.

[십삼무영주(十三無影柱)]

숙련도를 올리면 한 번에 열세 개의 빛의 화살을 쏠 수 있게 된다고 알려져 있으며, 극한의 경지를 뛰어넘는 순간 그 이상의 화살을 만들 수 있다고 알려져 있으나 그 극한까지 도달한 사람은 아무도 없다.

"네놈이냐……!!!"

수백 미터 너머에 있던 자신에게 일격을 가한 강건우를 바라보며 레반은 입꼬리를 올렸다.

"그래, 이런 토착인들 따위 아무리 베어도 구시엘의 영혼이 만족하지 못할 터!! 네 녀석 정도는 돼야겠지!"

스팟……!! 퍽! 퍽!!!

"아아악……!!!"

"크헉……!"

레반의 외침을 들은 건지 못 들은 건지 강건우의 화살은 그를 지나쳐 정확히 그를 호위하던 호위병의 몸을 꿰뚫었다.

"……!!!"

그 순간, 자신 따위는 안중에도 없는 강건우의 행동에 분노할 새도 없이 레반은 황급히 도끼를 들어 날아오는 공격을 막았다.

콰앙-!!

묵직한 충격에 그의 다리가 휘청거렸다.

"주위의 방해꾼들을 처리했을 뿐이다. 네 상대는 내가 아니니까."

강건우는 그 모습을 보며 나지막하게 중얼거렸다. 그러고는 게르발트를 거두며 나타난 한 남자를 바라보며 고개를 끄덕였다.

"물러나라."

그의 등장에 북부 왕국군의 전선이 일제히 뒤로 밀려났다.

입술에 흐르는 피를 닦아내며 레반이 고개를 들었다. 그러고는 남자를 바라보더니 얼굴을 구겼다.

"뭐냐? ……토착인?"

자신의 도끼를 튕겨낸 오르도 창을 바라보며 레반은 어처구니없다는 표정을 지었다. 말은 하지 않았지만 그의 눈빛에서 '고작'이라는 뜻이 담겨 있는 듯 보였다.

"……"

오르도 창은 말없이 흑운을 고쳐 쥐었다.

"주군의 검에 얼마나 도달할 수 있을지 모르나…… 너 정도의 벽은 충분히 뛰어넘을 수 있을 것 같군."

"하……?"

적과 대화를 나누고 있을 만큼 여유로운 상황이 아니었다.

"웃기지도 않는 소리를!!"

달려드는 레반을 바라보며 오르도 창은 천천히 숨을 토해냈다. 유혈이 낭자한 전장에서 집중을 하는 것은 결코 쉬운 일이 아닐 것이다.

"여기서 시험해 볼 수 있겠군."

그럼에도 불구하고 오르도 창은 열기가 가득한 전장에서 더욱더 차가워졌다.

"주제넘지만 주군의 검술을 보고 생각해 낸 검이다."

무열이 쓰는 강검술과 비연검은 애초에 이강호가 연사검을 기초로 자신의 스킬을 조합하여 만든 것이었다. 오르도 창의 가전 검술인 연사검은 무열의 검술을 통해 발전시키기 최적의 조건이었다.

처음에는 무열의 검술을 배우는 것만으로도 버거웠던 그였지만 그동안 겪었던 시간만큼 그의 검은 더욱 날카롭고 정확해졌다.

파앗-!!

오르도 창의 눈빛이 반짝였다. 연사검 특유의 궤도를 알 수 없는 자유분방함을 가짐과 동시에 한 손 검의 묵직한 무게감이 담겨 있는 검술이었다.

비록 비연검처럼 빠르지 않았지만 검의 변화무쌍함이 그 속도를 뒷받침해 주고 있었다.

묵연검(黙然劍) - 1참(斬).

"크아아아아!!!"

자신의 사정거리 안으로 파고드는 오르도를 향해 레반이 소리쳤다. 거대한 도끼가 위에서 아래로 그를 향해 찍어 내리는 순간.

"……!!!"

푸욱—

레반의 도끼를 뚫고 흑운의 검날이 그의 옆구리를 꿰뚫으며 등을 관통했다. 갑옷이 산산조각 나며 붉은 피를 머금은 흑운의 날이 파르르 떨렸다.

"이…… 개…… ㅅ……."

레반은 입에서 역류하는 피 때문에 제대로 말을 잇지 못했다.

"내 눈에 네 도끼는 너무나 느리다. 너보다 훨씬 더 대단한 부술(斧術)을 가진 자와 매일 겨뤘거든."

"컥…… 커컥……."

레반은 믿을 수 없다는 표정으로 힘겹게 들고 있던 도끼를 떨어뜨렸다. 입을 틀어막았지만 흐르는 피는 멈출 생각을 하지 않았다.

툭.

오르도 창은 자신의 어깨에 기댄 채 부르르 몸을 떠는 그를 무미건조한 표정으로 가볍게 밀었다.

레반은 아무런 저항도 하지 못한 채 그대로 쓰러졌다. 흐르는 피는 바닥을 적셨고 결국 쓰지 못한 파비오가 만든 포션이 바닥에 굴렀다.

오르도 창은 그것을 주우며 차가운 목소리로 말했다.

"너희들은 토착인의 존재를 배제하고 있다. 검은 날을 벼를수록 강해진다. 그걸 아는 자와 모르는 자의 차이이자 패착이다."

그것이 강무열이 안톤 일리야와 다른 점이라 생각하는 오르도 창은 비록 수적으로 열세임에도 불구하고 승리 대해 한 치의 의심도 하지 않았다.

"나는 아직 그 끝을 보여주지 않았다."

그는 천천히 고개를 들어 남은 적의 대장을 바라보며 말했다.

"저자는 내게 맡겨라."

레반을 쓰러뜨린 그의 뒤로 들리는 목소리. 강찬석이었다.

좌아악――!!!

무열이 두 팔을 벌리자 그의 등 뒤에 나타난 두 정령왕의 기세에 진격하던 적군들이 주춤거렸다.

우우우웅…….

그러고는 천천히 머리 위로 든 검을 두 손으로 움켜쥐자 검날에 푸른 마력이 응축되기 시작했다.

파즉…… 파즈즉……!!

그다음 마력 위로 덧씌워지는 암흑력. 마력 정기를 통해 응축되는 두 개의 힘이라 할지라도 그의 육체가 아닌 다른 매개체를 통한다면 이렇게 완벽하게 합쳐질 수 없을 것이다.

오직 무속성 마법검, 검의 여행자였기에 가능한 일이었다.

"……."

무열이 천천히 감았던 눈을 떴다.

부웅–!!

그가 검을 한 번 긋자 열화천(熱火遷)의 불꽃이 그의 뒤에 선 병사들의 무구에 마치 붉은 꽃처럼 피어올랐다.

"승리의 함성을 질러라."

와아아아아아아———!!!

그 불꽃을 바라보며 고양된 병사들의 사기.

좌, 우익과 마찬가지로 중앙에서의 전투 역시 이제 막 불꽃을 튀기기 시작했다.

"간다."

그 순간, 안톤 일리야의 외침이 무열군의 사기를 끊어버리듯 전장에 울렸다.

"고작해야 불꽃일 뿐이다!!"

콰아앙……!!

무열의 강검술을 정면에서 막았음에도 불구하고 튕겨 나가지 않은 안톤 일리야는 보스머 카짓의 송곳니로 만든 쌍검을 비틀었다.

"네놈도 쌍검을 쓴다고 들었는데 어째서 한 자루뿐이지? 게다가 그 검의 꼬락서니는 또 뭐냐. 당장에라도 부서질 것같이 얇구나!!"

"……."

안톤 일리야가 공중으로 뛰어오르며 있는 힘껏 무열의 마법검을 찍어 눌렀다.

콰아앙……!!

'안톤 일리야의 2차 전직은 용병. 용병의 고유 스킬인 웨폰 마스터리(Weapon Mastery)는 모든 무기를 다룰 수 있는 능력이다.'

그 말은 곧 그의 무기는 단순히 쌍검만이 아니라는 것이다.

콰드득-!

안톤 일리야가 검을 공중으로 던지고서 주먹을 움켜쥐자 그의 손이 마치 건틀릿을 찬 것처럼 두꺼워지더니 바위를 두른 것처럼 딱딱해졌다.

'골렘화. 이번엔 격투술인가.'

검술 다음으로 이어지는 주먹의 연속기(連續技).

마치 어제 무열에게 당했던 복수를 하려는 것처럼 공격 하나하나에 혼신의 힘이 담겨 있었다.

부우웅……!! 부웅!

무열이 한 발자국 뒤로 물러서며 안톤 일리야의 주먹을 피했다.

"어딜—!!

공중에 뛰었던 검을 골렘화가 되지 않은 반대쪽 손으로 낚아채며 그가 있는 힘껏 날렸다. 날카로운 검이 무열의 뺨을 스치고 지나갔다. 살갗이 찢기는 상처와 함께 붉은 피가 주르륵 흘러내렸다.

툭—

안톤 일리야의 공격을 피하며 뒤로 물러선 무열이 잠시 숨을 돌리며 그를 바라봤다.

"정말 죽이기에 아까운 남자로군."

"닥쳐!!"

"그런데."

확실히 손맛은 있었다. 그러나 혼신에 힘을 다한 공격임에도 불구하고 아무렇지 않은 무열을 보며 안톤 일리야의 표정이 굳어졌다. 마치 다시 한번 자신을 살피는 것 같은 느낌.

"고작 불꽃이라……. 들었나? 쿤겐."

[감히…….]

쿤겐은 무열의 말에 으르렁거리듯 말했다. 그의 목소리가 마치 천둥을 부르는 먹구름의 울음소리처럼 들렸다. 아군과 적군을 가리지 않고 모두가 자신도 모르게 몸을 파르르 떨었다.

콰즈즈즈즈즉……!!

무열의 마법검의 화염이 폭발하듯 솟구치며 그 안에서 그 불꽃의 열기보다 더 뜨거운 번개가 휘몰아쳤다.

"……!!"

안톤 일리야의 눈동자가 커졌다.

말 그대로 난전(亂戰). 하지만 그 속에서 그를 잡아먹을 것 같은 쿤겐의 목소리만큼은 똑똑히 들렸다.

[과연 내 뇌격을 머금은 불꽃마저 시시하다 할 수 있는지 보겠다, 인간.]

❈

"강무열이 시작했군."

"보고입니다. 좌익의 대장군 중 한 명이 사망했다고 합니다!"

"……벌써?"

우익에서 진형을 갖추고 있던 휀 레이놀즈는 전투가 시작된 지 얼마 되지 않아 들리는 승전보에 마냥 기뻐할 수 없었다.

"선수를 빼앗겼군."

"걱정 마십시오. 이제 시작이니까. 먼저 끝내는 건 저희가 될 겁니다."

칸과 알란은 일제히 자신의 적군을 향해 달려들었다.

콰아앙−−−!!!

알란이 세검으로 날카롭게 병사들을 뚫으며 길을 트자 칸이 자신의 건틀릿을 양쪽으로 부딪치고는 있는 힘껏 지면을 내려쳤다. 그의 주먹을 따라 바닥이 갈라지며 충격파가 사방으로 퍼졌다.

"으아악……!!"

"컥!!"

엄청난 파괴력에 사방으로 병사들이 튕겨져 나갔다.

2차 전직 이후 새롭게 얻은 강권(强拳).

벽신권(劈神拳) − 1격(擊).

평범한 C랭커들이라면 그의 주먹 한 방에 그대로 의식을 잃게 될 정도로 엄청난 위력이었다. 하지만 칸은 그런 어마어마한 공격을 하면서도 뭔가 부족한 듯 입술을 깨물었다.

빠득.

알라이즈 크리드와의 접선 전에 만났던 베이 신이 자꾸만 그의 머릿속에 떠올랐기 때문이었다. 비록 전투에서는 승리했지만 같은 권사인 그에게 베이 신은 충격이었기 때문이었다.

"크아아아아!!!"

베이 신의 용상천공(龍狀天功)을 본 것이야말로 지금까지 권사 중에서는 적수가 없다라고 생각했던 그의 자존심에 심각한 타격이 아닐 수 없었다.

"남쪽에 처박혀 있던 원숭이 놈들!! 경험이 다르다는 걸 보여주지!!"

그리고 그에 대한 울분인지 칸은 더더욱 적군의 목을 가차 없이 베었다.

콰아아아앙———!!!

진격을 하던 적군이 잠시 주춤거리자 칸은 그 기세를 몰아쳐 더욱 적진 안으로 파고들었다.

"칸!!"

뭔가 이상한 낌새를 느낀 키네스가 그의 이름을 불렀지만, 그 순간 마치 기다렸다는 듯 칸과 알란이 있던 주위의 병사들이 일제히 뒤로 물러섰다.

콰드드득……!!

"뭐, 뭐야?!"

트랩(Trap)이 발동한 것처럼 칸과 알란의 병력 주위로 번쩍이는 스파크와 함께 그들을 에워싸는 두꺼운 철벽이 생성되었다. 철벽은 2중으로 둥글게 그들을 가두고 나머지 철벽이 본진과 두 사람의 병력을 가로지르며 생겨났다.

"지, 진법?"

키네스가 당혹스러운 목소리로 외쳤다.

"아니야, 조금 다르다."

당황해하는 그와는 달리 갑작스러운 변화에도 휀 레이놀즈는 눈을 가늘게 뜨며 전황을 살폈다. 가뜩이나 수적으로 열세인 상황에서 병력이 반으로 갈리는 상황이 일어났음에도 불구하고 그는 침착한 표정이었다.

이미 최혁수의 진법을 경험했던 그였기에 환술사에 대해서 조사를 했었다. 오행의 속성을 써서 만드는 진법 안에 '철'은 없었다. 환술사가 만들 수 있는 벽이라고 해봐야 결국 토(土) 속성의 흙벽이 전부였기 때문이다.

'그렇다면…….'

휀 레이놀즈는 저 멀리 안톤 일리야의 후방에 있는 파비오 그로소의 부대를 바라보며 고개를 끄덕였다.

"연금술(鍊金術)이군."

와아아아아아―――!!

와아아――!!!

그때였다. 병력이 갈라진 틈을 노리고 후방에서 밀려오는 적군들.

안톤 일리야의 4대장 중 한 명인 샤쯔웬이 두 자루의 쌍검을 뽑아 들며 그들을 향해 소리쳤다.

"녀석들을 모두 죽여라!!"

갑작스러운 적의 기습에 혼란에 빠진 병력이 대처를 하지 못하고 쓰러지기 시작했다.

'기습이 있을 것이라던데……. 이걸 노린 건가.'

휀 레이놀즈는 적군을 바라보며 날카로운 눈을 흘겼다.

"우습게 보였어."

무열이 있는 중앙과 북부 왕국군이 있는 좌익이 아닌 기습의 타깃이 자신이 되었다는 것에 대한 분노.

"그걸 쓰겠다."

"예?"

그의 말에 앤섬과 키네스는 살짝 놀란 표정을 지었다.

"아직…… 이르지 않을까요."

사실상 병력이 갈라졌다 하더라도 칸과 알란이 저곳에서 빠져나오지 못할 것이라고 생각하지 않았다. 그리고 휀과 이하 자신들이 있는 이곳 역시 공격을 받았지만 처음에 우왕좌왕하던 병사들의 혼란도 어느새 잡히고 있었기 때문이다.

"어차피 숨기려고 한 힘은 아니다. 오히려 지금 보여주는 것이 낫겠지. 안톤 일리야에게도, 그리고 강무열에게도."

앤섬과 키네스는 휀 레이놀즈의 결정에 고개를 끄덕였다.

"경계하도록 만들 필요가 있겠지. 압도적인 힘이란 것은 그들에게만 있는 것이 아니며……."

스르르릉───!!!

휀 레이놀즈는 인벤토리에서 항상 쓰던 검이 아닌 새로운 검 한 자루를 꺼내었다.

"이 힘은 인간의 동맹 따위까지 구분할 정도로 자비로운 것이 아니라는 것도."

그의 눈은 이미 적군에게서 멀어져 중앙을 달리는 무열을 향해 있었다.

우ㆍ우ㆍ우ㆍ웅……!!

검집에는 화려한 문양이 새겨져 있었었다. 검을 뽑자 마치 예술 작품을 보는 것처럼 금빛으로 된 검날은 결코 전투와는 어울리지 않아 보였다.

차르릉─

그가 두 손으로 쥔 검을 세로로 세워 가슴에 올렸다. 두 눈을 감자 그의 주위에 붉은 아우라가 생겨났다.

용맹(勇猛).

병사들의 사기가 올라가며 전투 능력이 일순간 상승되는 워 로드(War Lord)의 고유 스킬.

하지만 적의 기습에도 불구하고 휀 레이놀즈가 흔들리지 않은 이유는 단순히 이것 때문이 아니었다. 스스로 자신의 입으로 말했던 것처럼 '압도적인 힘'.

"모두 성물을 꺼내라."

전음을 통해 그의 명령이 한 사람도 빠짐없이 모두에게 또렷하게 들렸다.

"……!!!"

그와 동시에 3대장을 비롯한 병사들이 일제히 자신의 목에 걸린 묵주(黙珠)에 손을 얹었다.

"반격이다."

휀 레이놀즈의 검이 황금빛으로 빛남과 동시에 그들에게 걸려 있던 묵주 역시 그 힘에 반응을 하며 빛을 뿜어내기 시작했다.

[락슈무의 로사리오(Rosario)]

주신의 성물로 알려져 있는 묵주는 허락된 교단의 신도들만 사용할 수 있다고 알려져 있다.

성물은 단일로 발동하지 않으며 오직 신의 힘이 깃든 세 개의 신장기(神裝器)의 소지자의 명령이 있을 시에만 발현된다.

등급 : A급(유니크)

분류 : ACC

내구 : 100

발동 효과 :

 1. 용기가 깃들어 두려움이 사라진다.

 2. 성물의 힘이 다할 때까지 1.5배의 능력을 발휘하게 되며 일정량의 대미지를 흡수하는 실드가 생성된다.

휀 레이놀즈는 천천히 숨을 들이마셨다. 그가 교단과 손을 잡은 것은 단순히 레인성을 얻기 위해서가 아니었다. 대륙에 존재하는 세 개의 신장기 중 하나. 지고(至高)의 검이라 불리는 '뮬'을 얻을 수 있기 때문이었다.

"공격하라!!!"

그의 명령이 떨어지자마자 일사불란하게 움직이는 병사들의 무위는 더 이상 '병사'라는 말로 단정 지을 수 있는 것이 아니었다.

조금 전 기세 좋게 공격한 샤쯔웬은 말도 안 되는 이 상황에 반대로 혼란스러울 수밖에 없었다.

"커헉……!"

"으아아악……!!"

"사, 살려줘!!"

용맹과 성물의 힘이 중첩되어 발동되자 C랭크의 일반 병사조차도 A랭크에 버금가는 능력을 가지게 되었다.

샤쯔웬은 대장은커녕 병사들의 포위를 뚫는 것도 벅찬 듯 뒤로 주춤거리며 물러설 수밖에 없었다.

"끝이다."

하지만 그 순간을 휀 레이놀즈는 놓치지 않았다.

조금 전까지만 하더라도 전투와는 전혀 어울리지 않는 장식검처럼 보였던 뮬이 성물의 힘을 발동시키자 그 무엇보다도 날카로운 날을 번뜩였다.

콰드득───!!!

샤쯔웬의 일그러지는 얼굴을 바라보며 휀 레이놀즈는 있는 힘껏 검을 그었다.

"……!!"

붉은 피가 사방으로 튀었다.

툴썩.

요란한 병장기들이 부딪치는 소리에 말 위에서 떨어지는 시체 소리는 묻혀 버렸다.

'성가시군. 교단의 힘을 라엘 스탈렌 말고도 쓸 수 있다는 건가. 하긴, 전생(前生)에는 이강호와 교단의 관계가 틀어져 쓰는 것을 못 봤으니까.'

무열은 우익에서 빛나는 황금빛의 버프를 받고 있는 휀 레이놀즈의 병사들을 바라보며 생각했다.

'확실히 마지막까지 권좌를 다퉜던 남자답군.'

그는 언제나 병력의 질을 중시했었다. 트라멜을 공략하던 당시에도 다른 강자들보다 한 단계 더 높은 랭크의 병사들로 부대를 구성했었으니까.

그가 성물의 힘을 보여준 것은 위급해서가 아님을 무열 역시 직감했다.

일종의 경고.

그 어떤 기습도 불허(不許)한다는 그의 의지를 보여주기 위.
함이었다.

"감히 어디 앞에서 한눈을 파는 것이냐!!"

콰가가가가가각……!!!!

콰가가강……!!!

안톤 일리야의 몸이 검게 변했다.

그와 동시에 그가 들고 있던 두 자루의 검 역시 검게 변하
더니 날이 길게 늘어났다. 무열은 조금 전과는 달리 비약적으
로 늘어난 그의 공격력을 보며 생각했다.

'골렘화의 상위 단계. 진흙 골렘이로군.'

검은 진흙으로 자신의 몸을 감싸 능력치를 상승시키는 그
의 변이 스킬은 스톤 골렘과 같은 방어력은 없지만 대신 다른
모든 능력치가 올라간다.

"그렇지. 눈앞에 적을 두고 네 말대로 한눈을 팔았군."

무열의 마법검에서 피어오르는 푸른 불꽃이 안톤 일리야를
덮쳤다.

그를 중심으로 사방 수백 미터에 마치 전격의 벽이 둘러쳐
진 것처럼 날카로운 스파크와 함께 퍼져 나갔다.

"으악!!"

"아아악……!!"

적군의 병사들은 그 벽에 닿는 것만으로도 고통스러운 듯 몸을 제대로 가누지 못하고 쓰러졌다.

파즉…… 파즈즉……!!

얼굴을 가린 채로 그대로 화염 번개를 맞은 안톤 일리야는 회심의 미소를 지었다.

"골렘화가 끝이라고 생각하면 안 되지. 크큭……. 이제 내게는 번개도 불꽃도 통하지 않는다."

"흠……."

그때였다.

"……!!"

회심의 미소가 드리워졌던 안톤의 안면을 강타하는 무열의 손. 있는 힘껏 그를 손바닥으로 찍어 누르자 진흙이 사방으로 흩어지며 안톤의 머리가 바닥에 처박혔다.

콰아앙———!!

땅이 움푹 파였다. 숨이 막힐 듯한 충격에 안톤 일리야의 얼굴이 구겨졌다.

"이게 끝이라 생각하면 안 되지."

담담한 표정으로 조금 전 그가 했던 말을 똑같이 되갚아주는 무열.

"……뭐?"

순간, 하늘에서 빛이 떨어져 내렸다. 그와 동시에 무열의 전신에 눈보라가 휘감기고 대지가 뒤틀리는 듯 그의 발밑이 V자 모양으로 꺼졌다.

처박혔던 바닥이 부서지면서 안톤 일리야의 몸이 허공에 붕 떠오르자 무열은 그대로 그의 안면을 쥔 손에 힘을 주었다.

"컥…… 커컥……!!"

관자놀이가 부서질 것 같은 고통보다도 지금 눈앞에 펼쳐지는 변화에 안톤 일리야의 눈이 커졌다. 어떻게 된 일인지 알 수 없었다.

"무우…… ."

다만 유일하게 그가 들은 것은 떨어진 빛기둥에서 옅은 동물의 목소리가 들렸다는 것뿐.

[현신(現神)의 망토가 발동되었습니다.]

무열의 등에 있던 망토가 펄럭임과 동시에 그를 밝혔던 빛이 그의 전신에 스며들기 시작했다.

[지속 시간 : 3분]

"진흙이 어디까지 막아줄지 궁금하군."

무열의 나지막한 목소리가 마치 죽음을 선고하는 듯 들

렸다.

알카르, 로어브로크, 그리고 칼두안.

[3대 위상(位相)의 능력이 당신의 몸에 깃들기 시작합니다.]

"말도 안 돼……."

안톤 일리야는 그 순간, 망연자실한 표정으로 무열을 바라
볼 수밖에 없었다.

[3대 위상의 힘이 충만해집니다.]
[사용자의 능력에 비례하여 현신되는 힘의 양이 정해집니다.]

무열은 망토에서 알리는 메시지창을 바라보며 천천히 손을
들어 올렸다. 일렁이는 빛무리가 마치 살아 있는 것처럼 움직
였다.

'아키의 광휘력과 비슷하면서도 다르다. 로어브로크와 칼
두안의 힘이 합쳐져서 그런 걸까.'

빛무리는 차가우면서도 무형임에도 불구하고 단단한 기운
이 느껴졌다.

"크아아아아!!!"

안톤 일리야가 엉망이 된 얼굴로 악에 받친 듯 고함을 지르

며 무열을 향해 검을 찔러 넣었다.

콰아앙……!!

하지만 투명한 벽에 막힌 듯 그의 검은 무열에게 닿지 못하고 튕겨 나갔다.

"컥……!!"

마치 로어브로크의 발톱처럼 무열의 주먹이 안톤 일리야의 복부를 후려치자 그의 몸이 휘청거리며 흔들렸다.

무열의 몸이 움직였다. 아니, 사라졌다고 하는 것이 맞을 것이다.

황급히 안톤 일리야가 그를 찾으려 했지만 흐릿한 흙먼지만이 날릴 뿐이었다.

파카카칵……!!

불꽃이 튀었다. 안톤 일리야가 본능적으로 쌍검을 들어 무열의 검을 막았다.

파캉……!!

경쾌한 소리와 함께 그의 검이 단번에 부러지며 검날이 공중으로 핑그르르 튕겨 올라갔다.

"위험해!!"

그 광경을 보던 파비오 그로소가 두 손을 합장하듯 모았다가 바닥을 짚었다. 그의 뒤에 있던 로브를 입고 있던 병사들 역시 그와 마찬가지로 똑같이 주문을 외우듯 손을 모았다.

[크르르르르……!!!]

바닥에서 연성진(鍊成陳)이 생성되면서 그의 발아래가 빛났다. 그와 동시에 뱀과 같은 머리를 세 개 달린 검은 갑주를 입은 괴물이 무열을 향해 아가리를 벌리고 달려들었다.

대규모 연성술(鍊成術) – 파이톤(Python).

숙련도 A급 이상이 되었을 때 배울 수 있는 연금술이지만 파괴력은 S급을 상회하고도 남을 패도적인 스킬이었다.

하지만 강력한 위력만큼이나 제약이 있었다. B급 연금술을 가진 연금술사가 최소 스무 명이 넘어야 한다는 것.

무열은 자신을 향해 오는 이무기를 보며 파비오의 뒤에 있는 특수한 로브를 입은 자들이 모두 연금술사라는 것을 알 수 있었다.

'저 정도의 인원을 모을 수 있다니……. 안톤 일리야의 수완이 좋은 건지 파비오 그로소의 능력이 뛰어난 것인지 모르겠군.'

전생(前生)에서도 연금술사는 희귀한 직업이었다.

저 정도의 인원이라면 등급을 떠나서 세븐 쓰론에 존재하는 거의 대부분의 연금술사가 모인 것일지도 모른다는 생각이 들었다.

'남부 일대를 평정한 이유를 알겠군. 저만한 숫자면…… 오히려 패배하는 게 이상할 테니까.'

안톤 일리야가 믿고 있는 한 수. 그 히든카드가 바로 파비오 그로소라는 것을 무열이 모를 리가 없었다. 분명 이무기의 연성술은 현존하는 가장 위력적인 스킬임이 틀림없었다.

[크르륵……!!!]

그때였다. 상공을 날고 있던 플레임 서펀트가 무열을 향해 날아오는 이무기의 목을 물어뜯었다. 날카로운 송곳니가 녀석의 검은 갑주를 뚫고 살점을 찢어버렸다.

[카아아아아───!!!!]

붉은 화염을 입으로 내뿜으면서 플레임 서펀트가 파비오 그로소가 만든 이무기를 상대로 호각을 다투었다.

같은 종의 몬스터라 할지라도 강함이 다르다. 모두 다 성장(成長)한다는 것.

오크이지만 오크를 뛰어넘는 힘을 가진 보스머 카짓이 바로 좋은 예이다.

그런 의미에서 무열과 함께 있었던 플레임 서펀트는 그와 동조되어 지금껏 단 한 번도 없을 유일무이한 몬스터로 성장한 것이다.

카아앙───!!

플레임 서펀트가 이무기를 막는 사이, 무게를 실은 무열의 검이 그대로 괴물의 턱을 아래에서 위로 베었다.

반으로 갈린 얼굴에 다시 한번 가로로 검을 긋자 이무기의 얼굴이 두부 잘리듯 매끈하게 잘렸다.

퍼억……!!

잘린 이무기의 머리를 인정사정없이 발로 뭉개 버리고서는 무열은 천천히 안톤 일리야를 향해 걸어갔다. 압도적인 그의 무력에 파비오 그로소는 할 말을 잃은 표정으로 다음 연성을 준비조차 하지 못한 채 그대로 굳어버렸다.

"말도 안 돼……. 1,000명의 연금술사가 만든 연성수(鍊成 獸)를 단 한 번에 막다니……. 괴물…… 인가? 저자는."

저벅− 저벅− 저벅−

"오…… 오지 마!!"

조금 전의 패기는 어디로 가고 안톤 일리야는 무열을 향해 소리쳤다.

"……."

처음이었다. 안톤 일리야가 지금껏 살면서 이런 공포를 느낀 순간이 말이다.

스팟−!

무열이 지면을 박차자 그의 발아래가 원형으로 움푹 파이며 커다랗게 금이 갈라지며 번져 나갔다.

"크악!!"

황급히 주먹을 들어 무열의 공격을 막아보려 했으나 골렘화가 된 그였음에도 불구하고 3대 위상과 쿤겐의 힘을 머금은 마법검은 그의 양팔을 가볍게 잘라 버렸다.

콰아아아악……!!!!

일격(一擊).

안톤 일리야의 몸을 덮고 있던 단단한 바위들이 사정없이 부서져 사방으로 파편이 튕겨 나갔다. 잘려 나간 양팔에서 붉은 피가 분수처럼 쏟아졌다.

"아아악……!!!"

고통에 비명을 질렀지만 무열은 그에게 그 짧은 유예조차 주지 않았다.

푸욱…….

"컥……!!"

숨이 막히는 비명과 그의 몸이 붕 떠올라 뒤로 밀려났다.

"대장!!!"

파비오 그로소는 그 광경을 보며 그의 이름을 외쳤다.

빠득.

그는 품 안에 있던 마지막 비약을 꺼내었다.

[하트 버스터(Heart Busrter)]

연금술의 숙련도가 S랭크에 도달했을 때 연성할 수 있는 금단의 비약.

일순간 자신의 모든 능력치를 5배로 상승시킴과 동시에 짧은 시간

동안 무적으로 만들어준다.

그러나 효과가 끝남과 동시에 부하가 걸렸던 심장에 큰 대미지를 입는다. 정확한 수치는 알 수 없으나 사용자의 수명을 단축시킨다고 알려져 연금학에서 금단의 비약으로 분류되어 있다.

"……."

그가 처음 연금술 S랭크에 도달한 뒤 전쟁을 대비해서 만든 비약이었다.

사실 이것을 4대장과 안톤 일리야에게 전할까도 고민했었다. 하지만 목숨을 잃고서 얻은 승리가 과연 무슨 의미가 있는가 하는 생각에 그는 이 비약을 단 한 개만 만들었다. 그런 그가 지금 자신에게 이 비약을 쓰고자 하는 것이었다.

떨리는 눈을 질끈 감으며 비약을 입에 털어 넣으려는 순간.

"워워…… 그거야말로 최악의 선택이란 걸 자네도 알잖는가."

그의 목에 닿는 날카로운 단검. 어느새 나타난 진아륜이 파비오 그로소의 목에 칼날을 드리우고 있었다. 그와 동시에 칸라흐만은 파비오가 들고 있던 비약을 빼앗았다.

"후일을 도모할 수 있는 상황이 아니란 것도 알 테고. 이제 와서 망국의 신하가 되려는 건 아니라면 이런 위험한 건 버리게나."

"……."

"이미 좌우측 병사들의 전투도 끝나가니 말이야."

비약에 대해서는 자신의 동료들에게조차 알리지 않았다. 그러나 칸 라흐만은 그가 들고 있는 것이 무엇인지 아는 듯 말하고 있었다.

그리고 이런 걸 알 수 있는 사람은 단 한 명뿐.

"낚시꾼……. 당신도 강무열의 편이었던가."

"허허, 세븐 쓰론의 제1연금술사까지 날 알고 있다니 이거야 내가 다 영광이로군."

"어째서?"

"무엇이?"

"북부 7왕국부터 남부 5대 부족 게다가 낚시꾼인 당신까지…… 왜 모두 강무열의 편을 드는 거지?"

칸 라흐만은 파비오 그로소의 말에 옅은 미소를 지었다.

"그건 자네도 알 것 같은데. 이 전투의 결과가 곧 그 이유이기도 하고 말이야."

"강한 병력이 있다는 건 인정한다 하지만……."

"아니."

지금까지 미소를 유지하던 칸 라흐만은 처음으로 날카로운 눈빛으로 그에게 말했다.

"강무열이기 때문에 강해지는 것이지. 토착인은 외지인을 이길 수 없다라는 정론, 토착인과 외지인은 함께할 수 없다라는 편견까지. 자네들은 해보려 하지 않은 걸 저 친구는 했으니 말이야."

파비오 그로소는 칸 라흐만의 말에 고개를 떨구고 말았다.

어차피 자신의 세계가 아닌 타 세계의 존재들. 돌아가기만 하면 영원히 볼 수 없는 저들까지 생각할 만큼의 여유는 없었으니까.

무시하고 버린다.

그러한 안톤 일리야의 생각은 비록 거칠지만 현실적이라고 생각했고 그런 사람이야말로 이곳을 헤쳐 나갈 수 있다고 믿었다.

"이상을 좇는 자를 믿는 건가, 당신들은……."

"자책할 필요 없네. 나 역시 저리 하지 못할 것이니까."

칸 라흐만은 파비오의 어깨를 가볍게 두들겼다.

"그런데 가끔 저 친구를 보면 정말 할 수 있을 것 같은 생각이 들지. 마치 이 세계를 알고 있는 것 같거든."

"하……."

애초에 이길 수 없는 존재였을지도 모른다.

파비오는 고개를 떨구며 쓰러져 있는 자신의 주군을 바라보았다.

"나는 여기까지인가."

단 일격에 안톤 일리야는 자신이 상대할 수 없는 영역에 무열이 있음을 깨달았다.

온몸의 뼈가 으스러진 것 같았다. 조금만 움직여도 전신이 비명을 질렀다. 잘린 손목에서 계속해서 피가 흘러나오고 있었지만 그건 중요하지 않았다. 이미 무열의 검이 그의 가슴을 관통해 있었으니까.

"……."

그럼에도 불구하고 그는 아픔을 삼키며 담담한 표정으로 말을 이어갔다. 조금 전 두려워했던 자신을 스스로 용납할 수 없다는 듯했다.

마치, 유서를 남기듯이 그가 무열에게 말했다.

"파비오, 저 녀석은 살려둬라. 너에게 쓸모가 있을 테니까. 내 목을 베면 너는 남부를 장악하게 되겠지. 몇몇 귀찮은 세력이 있겠지만 그들이 널 넘을 수 있을 거라곤 생각하지 않는다."

"……."

"네 말을 기억한다. 순조롭게 권좌에 오를 수 있게 되어 현실로 돌아갈 수 있겠지만 만약 그게 끝이 아니라면…… 그때 녀석이 필요할지도 모른다. 쓸 만한 녀석이 하나라도 더 있으면 도움이 될 테니까."

"왜 그렇게 생각하지?"

"글쎄…… 늙은이의 직감이랄까."

안톤 일리야는 이제 지친 듯 자신의 주위를 둘러보았다. 형제라 불렀던 부하들의 시체를 찾으려는 듯 보였지만 드넓은 전장에 그건 불가능한 일이었다.

"하지만 난 아니다."

자신을 믿고 함께한 동료들의 마지막조차 보지 못하는 것이 패자에게 주어진 업(業). 그렇다면 적어도 그 업을 달게 받을 줄 알아야 한다는 것을 그는 잘 알고 있었으니까.

"죽여라."

그저 평범하게 현실을 살았더라면 무열은 그의 말을 이해할 수 없을 것이다. 하지만 안톤 일리야가 현실에서 어둠을 지배했던 것처럼 무열은 세븐 쓰론에서 수라를 겪었다. 그렇기 때문에 그의 마음을 이해할 수 있었다.

"남은 자들은 죽이지 않겠다. 원망을 받는다 하더라도 그들 역시 그저 현실로 돌아가야 할 사람들일 뿐이니까."

"마음대로. 승자의 자비든 강자의 여유든. 이제 나와는 상관없는 일이니까."

"신랄하군."

"그렇게 살아왔으니까."

안톤 일리야는 천천히 눈을 감았다.

촤아악-

망설임 없이 무열의 검이 사선으로 바람을 갈랐다. 적어도 그렇게 하는 것이 최소한의 자비라고 생각했기 때문이다.

그의 목이 바닥에 떨어짐과 동시에 그의 피가 사방으로 흩뿌려졌다. 군주의 죽음을 바라보며 눈물을 흘리는 병사들도 있었고, 분노하는 사람도 있었으며, 또 상황을 받아들이는 자들도 있었다.

"기뻐하라."

하지만 지금 기억해야 할 하나의 진실은.

"우리가 승리하였다."

그저 이것뿐.

와아아아아아아---!!!

와아아---!!!

무열의 말이 끝남과 동시에 타투르 전역에 함성이 울려 퍼졌다.

'이제 남은 건 검의 구도자를 완성할 때이다.'

무구를 던지며 소리치는 병사들을 바라보며 그는 생각했다. 순간, 저 멀리 휀 레이놀즈와 그의 눈빛이 서로 교차되었다.

안톤 일리야의 직감처럼 아직 끝나지 않았다.

마치 그들의 함성이 무열에게는 제2막을 알리는 나팔처럼 들리는 것 같았다.

69장
승리 뒤에

안톤 일리야의 죽음은 길어질 수 있었던 전쟁을 빠르게 종결시켰다.

사람들은 우려했던 것과 달리 금방 전쟁이 끝나 허무하다고 느꼈다. 하지만 이것이 시간이 흐를수록 더 많은 사람이 죽는다는 것을 알고 있는 무열이 만든 그림이라는 것은 알아차리지 못했다.

단 한 사람, 휀 레이놀즈만을 제외하고.

"축하한다. 타투르를 지킨 것을 넘어 안톤 일리야까지 처리하다니. 솔직히 말해서 이번 전쟁에서 그가 죽을 것이라곤 생각하지 못한 일이었으니까."

"너야말로. 아쉽겠지. 조금 더 내 병력이 소진되길 바랐을 텐데."

승리를 축하하는 연회(宴會).

식상한 수순이지만 때로는 그것으로 잠시나마 현실을 잊을 수 있게 되기에 필요한 것이기도 했다.

성의 테라스에 선 무열과 휀 레이놀즈.

"훗……. 우린 동맹을 했다고."

휀은 과실주를 입안으로 털어 넣으면서 말했다.

그 모습을 무열은 담담한 표정으로 지켜봤다.

"맛있군. 조주(造酒) 스킬을 가진 사람이 권세에 있다는 건 부러운 일이로군."

그는 트라멜에서 가져온 술을 맛보며 기쁜 듯 천천히 음미하며 말했다.

"말뿐인 동맹이지. 어차피 너 역시 권좌를 노리는 자이니까."

무열의 대답에 그는 쓴웃음을 지었다.

"포기해라."

"……뭐?"

"나는 권좌를 내어줄 생각이 없으니까. 또한 사람들을 죽이고 싶지 않다."

휀 레이놀즈는 그의 말에 가볍게 웃었다.

"이제 와서?"

사실 그러기엔 너무나 많은 길을 걸어왔다는 것을 두 사람 모두 알고 있었다.

"안톤 일리야의 죽음으로 감상적이 된 건가? 홋……. 이미 우리는 수많은 피를 밟고 서 있다."

"……."

"결국 너와 나의 목표는 모두 똑같지 않은가. 현실로 돌아가는 것."

무열은 잠시 뜸을 들이며 말했다.

"비록 신의 유희로 이용당한 것이지만……. 어쨌든 주어진 방법은 권좌에 올라 모두를 다시 돌려놓는 것이니까."

똑같은 목표.

그렇다면 싸우지 않아도 될 수 있다.

"아니."

하지만 그런 기대를 가차 없이 휀 레이놀즈는 거절했다.

"누가 돌아가는 것에 만족한다고 했지?"

무열은 고개를 돌렸다.

휀의 눈이 야심에 차 빛나고 있었다.

"나는 왕이 될 거다."

"……."

"현실에 돌아가서도 군림할 수 있는 그런 왕. 그렇지 않고서 내가 왜 이런 수라를 걸어가고 있다고 생각하지?"

오히려 그가 무열을 향해 이해할 수 없다는 표정으로 물었다.

"정말로 넌 돌아가는 것에 만족해서 권좌에 오르려고 하는 거냐. 그렇다면 네가 포기해라. 너와의 정을 생각해서 적어도 죽이지 않고 현실로 돌아가게 해줄 테니까."

무열은 잊고 있었던 기억이 떠올랐다.

'그렇지.'

휀 레이놀즈란 남자는 이런 사람이었다.

야심가(野心家).

인류의 존폐를 결정짓는 세 번의 대결. 엑소디아가 펼쳐졌던 그때도 권좌를 노리기 위해 그는 이강호의 제자였던 노승현을 죽음으로 몰았던 자였다.

그는 지금 이 순간에도 어떻게 하면 자신을 죽일 수 있을지 궁리하고 있을 것이다. 어떤 방법을 동원하더라도 자신이 권좌에 오를 수 있도록.

신에 의해서 이런 일이 저주스러운 일이 벌어졌지만 그 신을 원망하는 것이 아니라 이용해서라도 정상에 서려고 하는 남자.

"알겠다."

무열은 천천히 고개를 끄덕였다.

"이게 어쩌면 너와 마시는 처음이자 마지막 술이 되겠군."

휀 레이놀즈는 들고 있던 술잔을 가볍게 들고서 당당하게 말했다. 목젖이 움직이는 것을 바라보며 무열의 표정이 묘하게 변했다.

'신의 가호.'

확실히 그 힘은 무열이 보기에도 놀라운 힘이었다. 게다가 위 로드가 가진 스킬까지 생각하면 자신의 병력과 맞붙어도 쉽게 승리를 장담할 수 없었다.

"그럼."

남은 술을 털어 넣고 연회장으로 돌아가는 휀의 뒷모습을 잠시 바라보던 무열은 창밖으로 고개를 돌렸다.

"……."

생각에 잠긴 듯 눈을 감던 무열은 낮은 한숨과 함께 결심한 듯 아무도 없는 테라스에서 천천히 입을 열었다.

"진아륜."

공간이 흐릿하게 변하면서 어둠 속에서 한 사람이 나타났다. 팔짱을 낀 채로 두 사람의 대화를 모두 듣고 있었던 그 역시 무열과 마찬가지로 생각이 많은 눈빛이었다.

"최혁수에게 일러라. 계획대로 한다고."

"……."

복면으로 감춰진 얼굴에서 진아륜의 표정을 읽을 순 없었지만 그 침묵에서 그의 생각을 추측할 수 있었다.

"어쩔 수 없는 일이다."

"알고 있어."

"나는 이게 잘못되었다고 생각하지 않는다. 하루라도 빠르게 네가 권좌에 오르는 것이 우리가 바라는 일이니까."

자비라는 것이 난세에 얼마나 가치 없는 일인가는 누구보다도 무열이 잘 알고 있었다.

"네가 원하는 대로. 최소한의 희생만으로 결착을 짓기에 가장 좋은 방법이니까."

최혁수조차 전생(前生)에서 승리를 위해 자신들을 그저 도구로 쓰지 않았던가.

"네 눈에도 그렇게 보였나."

종족 전쟁은커녕 아직 권좌에 오르지도 않은 상태에서 남들보다 좀 더 강해졌다고 적을 봐주거나 회유하려 하다니.

'무르군.'

무열은 다시금 흐트러지는 자신의 마음을 다잡았다.

그는 들고 있던 술잔의 술을 천천히 버렸다. 대화를 나누면서 그는 단 한 모금도 그 술을 마시지 않았다. 영롱한 붉은 빛깔은 마치 이제 곧 흐를 피처럼 느껴졌다.

그는 나지막한 목소리로 중얼거렸다.

"승리의 기쁨이 채 하루도 가지 않겠군."

"준비가 끝났습니다."

연회가 끝나고 모두가 잠든 밤이었다. 타투르 역시 승리에 취해 오랜만에 성벽의 횃불만을 제외하고 대부분의 건물에 불이 꺼져 있었다.

"누구도 상상하지 못하겠지."

"그럴 겁니다."

휀 레이놀즈는 막사 안에서 천천히 고개를 끄덕이며 두 사람을 바라봤다. 앤섬 하워드와 키네스의 얼굴에는 피곤한 기색이 역력했다.

"전투가 끝나고 제대로 쉬지도 못했겠군. 고생했다."

"아닙니다. 고비를 넘긴 건 확실하지만 오히려 승리에 취해 연회나 벌이고 있다니. 이번 기회에 확실히 강무열을 처리할 수 있을 겁니다."

앤섬 하워드는 자신만만한 표정으로 휀에게 말했다.

"전장의 긴장을 놓지 않은 건 우리뿐일 테니까."

안톤 일리야와의 전투가 끝나고 타투르에서 승리의 연회를 시작했을 때 앤섬 하워드만은 그곳에 참석하지 않았었다.

휀의 책사인 두 사람이 모두 빠지는 것은 의심의 여지가 있을 수 있어 앤섬은 몸이 좋지 않다는 핑계로 막사 안에 남아 있었다.

이유는 단 하나. 모두가 승리에 취해 있을 때 강무열의 목을 노릴 작전을 짜기 위함이었다.

"결행은 1시간 뒤. 모두가 잠든 시각에 이루어질 겁니다. 이미 병사들의 배치도 끝냈습니다."

"좋아."

휀 레이놀즈와 나머지 3대장이 연회에 가 있는 동안 앤섬 하워드는 은밀하게 타투르 내에 병사들을 포진시켜 놓았다.

북부 왕국군과 휀 레이놀즈, 그리고 안톤 일리야의 잔당이 모두 안으로 들어갈 만큼 타투르의 크기가 크지 않았기에 어쩔 수 없이 병력의 일부분은 성 밖에 진을 칠 수밖에 없었다.

그리고 그건 무열의 병력 역시 마찬가지였다.

"타투르는 안슈만이 이끄는 외지인으로 구성되어 있는 자유군이 있기 때문에 다른 병력의 입성을 불허하고 있습니다."

앤섬 하워드는 지도를 가리키며 말했다.

"예외적으로 강무열과 몇몇 수뇌부만 타투르 내에 거주할 수 있도록 했지만 이게 오히려 강무열의 병력을 분산시키는 꼴이 되었습니다."

"성내의 병사들은 기껏해야 1천 명이 넘는 정도. 은밀하게 배치해 놓은 병사들이 타투르의 문을 열고 저희들이 입성할 수 있다면…… 오히려 수성의 상황이 반대가 될 겁니다."

"성물의 힘으로 성 밖에 있는 적들을 막는 동안 속전속결로 강무열을 친다면 충분히 승산이 있습니다."

휀 레이놀즈는 앤섬 하워드와 키네스의 말에 고개를 끄덕였다.

"한 시간 뒤라……. 알겠다."

그의 허락이 떨어지자 앤섬 하워드는 그제야 마음이 놓인 듯 참았던 숨을 토해냈다.

키네스가 그 모습을 보며 가볍게 웃었다.

"앤섬, 이거라도 좀 마셔봐."

그리고는 품 안에서 작은 수통 하나를 꺼내어 그에게 건넸다.

"이게 뭡니까?"

"트라멜에서 만든 술이라더라. 녀석들 이런 상황에서 이런 것까지 만들다니. 웃기지 않아? 정말 이 세계에 눌러살 생각인 건지 원."

"술이요?"

"응, 맛이 제법 괜찮더라. 잔뜩 만들었는지 병사들에게까지 나눠 주더군. 네 생각이 나서 조금 담아왔다."

생각지 못한 것이라 앤섬은 살짝 놀란 표정이었다. 수통의 뚜껑을 열자 향긋하면서도 알싸한 향이 느껴졌다.

"긴장을 푸는 데 도움이 될 거다."

앤섬 하워드는 키네스의 말에 고개를 끄덕이고는 수통에 입을 가져갔다.

그때였다.

"재밌는 소리를 하는군."

막사의 천막이 거칠게 걷히면서 차가운 바람이 일순간 들어왔다.

"······!!!"

"······!!!"

거구의 남자가 그들을 바라보며 웃고 있었다.

"너는······."

휀 레이놀즈는 그를 바라보며 인상을 구겼다. 가장 안전하다고 생각했던 자신의 막사에 침입한 불청객. 남자는 그의 표정이 무엇을 말하는 건지 짐작한 듯 엄지손가락을 들어 뒤를 가리켰다.

"저 녀석들을 말하는 거냐?"

막사의 보초를 서고 있던 그의 부하들이 차가운 바닥에 그대로 너부러져 있었다. 그 모습에 휀 레이놀즈는 노성을 터뜨렸다.

"알란!! 칸!!!"

차아아앙······!!!

그는 황급히 자신의 검을 뽑았다. 키네스와 앤섬 하워드는 쓰러진 두 사람을 살피기 위해 달렸다.

그 순간.

"큭······?!"

앤섬의 옆에 있던 키네스의 얼굴이 새하얗게 변하더니 그대로 바닥에 주저앉았다.

"키네스 씨!!"

깜짝 놀란 얼굴로 앤섬이 그를 부축했다. 영문을 알 수 없는 이 상황에 휀의 머릿속이 혼란스러웠다.

"네놈이———!!!"

그가 눈앞의 남자를 향해 소리쳤다. 외팔에 건틀릿을 차고 있는 그의 얼굴은 확실히 낯이 익었다.

"조태웅——!!!"

그때였다.

"……!!!"

갑자기 숨이 턱 하고 막히는 기분과 함께 그는 가슴에 참을 수 없는 고통을 느꼈다.

창그랑……!

키네스와 마찬가지로 그 역시 바닥에 주저앉으며 들고 있던 검을 떨어뜨렸다.

"대장!!!"

앤섬 하워드는 자신을 제외한 나머지 사람들이 갑자기 쓰러지는 것에 혼란스러워하면서도 자신의 주위에 도움을 요청할 사람이 아무도 없다는 것을 깨달았다. 막사 주위에 쓰러진 사람은 알란과 칸뿐만이 아니었기 때문이었다.

'이게 도대체……!'

여기저기 쓰러진 병사들은 미동도 하지 않고 기절한 듯 바닥에 너부러져 있었다.

조태웅은 쓰러진 휀 레이놀즈를 바라보더니 나지막한 목소리로 말했다.

"확실히 우두머리라 저주가 먹히는 시간도 오래 걸리나 보군. 다른 녀석들은 이미 그 전에 쓰러져 있었는데 말이야."

"저, 저주……?"

휀은 심장이 있는 왼쪽 가슴을 움켜쥐며 힘겹게 고개를 들었다.

"트라멜엔 마녀가 살고 있다는 거, 너도 알겠지."

조태웅의 말에 휀 레이놀즈는 불현듯 예전에 풀어주었던 윤선미의 얼굴이 기억 속에서 스쳐 지나갔다.

'설마…….'

"하지만 언제……?"

아무리 생각해도 그녀를 만났던 적은 없었다. 게다가 자신뿐만 아니라 이토록 많은 사람이 집단으로 그녀의 저주에 걸릴 만큼 한자리에 있었던 적도 없었다.

"크큭. 잘도 마시던걸. 말 그대로 독이 든 성배인 줄도 모르고 말이야."

"……뭐?"

"오랜만에 마신 술이 맛있었나 보지? 마녀의 피로 만든 독이 섞여 있는 줄도 모르고."

조태웅은 힘겹게 숨을 쉬고 있는 휀의 얼굴을 천천히 들어 올렸다.

"빨랐다고 생각했겠지. 하지만 너희가 전쟁을 생각하고 있을 때. 녀석은 이미 전쟁을 시작했다. 승리를 외치던 그 순간부터 이미."

휀 레이놀즈는 그의 말에 입술을 깨물었다.

"빌어먹을……."

고작해야 몇 시간의 연회.

그저 스쳐 지나갈 수 있는 그 약간의 시간조차 여유를 부린 것은 무열이 아니라 자신이었다는 사실이 후회스러웠다.

"뒤처리는 그다지 내 스타일은 아니지만…… 내 팔을 가져간 대가라 생각해라, 휀 레이놀즈."

"큭…… 크윽……!!!"

앤섬 하워드는 그 광경에 미친 듯 소리 질렀다.

"대장———!!!"

조금 전 자신이 마시려고 했던 수통에 든 술이 붉은 피처럼 바닥에 흘러내렸다.

"대장—————!!!"

다시 한번, 그가 조태웅을 향해 달려들며 그를 불렀다.

하지만.

우드득―

그 외침에 대답 대신, 이제 막 울려야 할 전쟁을 알리는 나팔 소리 대신.

툴썩.

조태웅의 커다란 손이 휀 레이놀즈의 목을 가차 없이 부러뜨리는 소리만이 막사 안에 울렸다.

쿠으으응…….

저 멀리에서 들려오는 폭음 소리.

"뭐, 뭐지?"

"무슨 일이야?"

타투르의 사람들이 그 소리에 깨어나 창문을 열고 바라봤다.

"……."

잠을 이루지 못한 무열 역시 이제야 트라멜에서 가져온 술을 맛보았다. 그는 아무런 말도 하지 않고서 저 멀리 막사에서 타오르는 불꽃을 바라봤다.

'조태웅이 시작했군.'

안톤 일리야와의 전쟁을 시작하기 이전에 이미 무열은 율도천 부대를 소집했다.

‘그의 성격이라면 아마 휀 레이놀즈를 처리하고 난 뒤에 바로 레인성으로 가겠지.’

무열은 그를 구속할 생각이 없었다. 전생에서도 그랬었고 조태웅의 성격을 생각하면, 처음부터 그를 자유부대로 남겨두는 게 좋기 때문이다.

‘조태웅은 권좌에 대한 욕심은 없다. 휀과 이정진에게 복수할 수 있는 기회를 주는 것만으로도 충분히 그에게 빚을 만들어 두는 것이다.’

인간군 4강의 마지막이라 할 수 있는 그의 결말치고는 너무나도 허무하다는 생각이 들었지만 휀 레이놀즈의 권세가 성장하도록 놔둘 이유는 없었다.

조태웅의 급습.

무열과 그의 관계를 제대로 알지 못하는 대부분의 사람은 지금의 전투를 그렇게 기억할 것이다.

게다가.

‘날뛰어주면 그것대로 괜찮지.’

그에게 필요한 것은 시간.

“…….”

무열은 책상 위에 둔 검을 들어 올렸다. ‘검의 여행자’의 검날을 바라보며 그는 생각했다.

‘휀의 죽음이 알려지게 되면 알라이즈 크리드와 정민지가

분명 움직일 거다.'

현재 그를 위협할 수 있는 가장 큰 세력이라면 바로 그 둘이었다. 하지만 전생에서도 그랬던 것처럼 그 둘은 위협적인 존재이지만 권좌에 오를 만큼 자신을 방해할 걸림돌은 아니다.

'문제는 그 둘의 힘을 최대한 온전히 유지해 합류시키는 것이겠지.'

알라이즈의 붉은 부족과 정민지의 용족.

'종족 전쟁에서 두 사람의 힘이 필요할 거다.'

'안톤 일리야와 휀 레이놀즈가 사라진 뒤에 남은 공터들을 차지하기 위해 지금부터 크고 작은 권세들의 전쟁이 일어나겠지.'

마치 처음 세븐 쓰론이 열렸던 것처럼.

'혼란이 얼마나 지속될지는 모르겠지만 나는 그동안 검의 구도자를 완성하기 위한 시간으로 이 혼란을 이용할 것이다.'

무열은 생각을 굳힌 듯 나지막한 한숨을 내쉬었다.

"역시…… 첫 목적지는 '그곳'이겠지."

탈칵.

그때였다. 집무실의 문이 열리자 마치 기다렸다는 듯 그의 사람들이 무열을 바라보았다.

"결정하신 겁니까."

맨 앞에 서 있던 강찬석이 그에게 물었다.

"타이밍 한번 기가 막히는군. 엿듣기라도 하고 있었던 건가."

"설마요. 단지 딱 한마디밖에 듣지 못했습니다만."

넉살 좋은 강찬석의 말에 무열은 피식 웃었다.

"필요한 것들을 준비했어요."

윤선미는 조심스럽게 품 안에서 주머니를 꺼내어 그에게 건넸다.

그녀의 안색은 좋지 않았다. 당연하다. 휀의 거점이 파괴되어 가고 있는 순간이었으니까. 비록 명령 때문이지만 그녀가 만든 저주의 비약이 그들의 죽음에 결정적인 요소가 되었으니까.

툭.

무열은 주머니를 받고서 윤선미의 어깨를 가볍게 두들겼다.

"고맙다."

그의 한마디에 그녀의 얼굴에는 수많은 생각이 겹친 듯 일그러졌다. 누군가의 목숨이 끝에 닿는 순간, 누군가는 앞으로 나아가기 위해 새로운 시작을 하기 위한 걸음을 내디디고 있었다.

"돌아오면……."

무열은 검을 쥐어 허리에 차며 말했다.

"권좌에 오르겠다."

그의 말에 그곳에 있는 모든 사람은 옅은 미소를 띠었다. 강찬석은 자신 있는 목소리로 말했다.

"모든 준비를 끝내겠습니다."

끄덕.

힘겨운 여정일 것이다. 이강호조차 혼자서 해내지 못해 자신의 다섯 제자와 함께 겨우 완성했던 '월드 퀘스트'. 그것을 무열은 혼자서 해내려 하는 것이다.

하지만 그것을 가능케 하는 것은 아마도 지금 강찬석의 말처럼 돌아왔을 때 완벽하게 준비할 저들이 있기 때문이었다.

"다음 전쟁을……."

혼자만의, 혹은 전 인류가 해야 할.

"시작한다."

"그 소리 들었어?"

"알다마다. 북부 일대가 통일되었다는 소식이잖아. 북부 7 왕국이 하나로 합쳐졌다면서."

"그러니까. 수백 년이나 나뉘어 있던 왕국이 어떻게 단번에 통합이 되었지?"

"예끼, 이 사람아. 단번은 아니지. 원래는 번슈타인 쪽의 3왕국만 트라멜의 권세에 있었다가 최근에 새롭게 변한 거잖아."

"그렇든 아니든 어쨌든 다 강무열 거라는 말이잖아. 솔직히 이제 다 끝난 거 아냐?"

가게 안은 소란스러웠다. 안톤 일리야뿐만 아니라 휀 레이놀즈의 죽음까지. 대륙 곳곳엔 무열에 대한 소문이 빠르게 퍼져 갔다. 그리고 당연하게도 사람들의 주된 화젯거리는 역시 무열이었다.

탈칵.

창밖으로 눈이 쌓여 있는 변방의 마을. 그칠 생각을 하지 않고 쏟아지는 이곳은 마을 규모와 어울리지 않게 제법 큰 객잔이 있었다.

토착인의 마을임에도 불구하고 가게 안엔 외지인과 토착인이 아무렇지 않게 공존하고 있었다. 마치 처음부터 함께 살아온 사람들처럼 거부감 없이 자연스러웠다.

"……."

무열은 정작 이야기의 주인공인 자신이 바로 옆에 있을 거라고는 상상도 하지 못하는 사람들을 바라보며 가볍게 웃었다.

'조용하군.'

대륙의 끝에 있는 마을은 한창 전쟁 중인 중원과 달리 평온해 보였다. 권좌에서 벗어난 사람들 역시 비록 이(異)세계라 할지라도 살아가기 위해 자신의 방식대로 애를 쓰고 있었다.

"잘 먹었습니다. 얼맙니까?"

무열이 자리에 일어서며 가게의 주인에게 말했다.

"입에 맞으셨다면 다행이네요. 그냥 하급 마석 가루 조금이면 돼요."

주방에서 나온 한 여인이 물기가 묻은 손을 앞치마로 닦으며 사람 좋은 미소로 웃으며 대답했다.

가녀린 어깨, 가볍게 자른 단발머리에 쌍꺼풀이 없는 눈매. 부러질 것같이 말랐음에도 불구하고 그녀의 얼굴엔 강단이 있어 보였다.

"요리 숙련도가 꽤 높으신가 봅니다. 변방에서 이런 맛을 맛보는 게 쉽지 않은데."

"그냥 조금 눈대중으로 배웠을 뿐이에요. 할아버지께서 요리를 하셨거든요. 재료를 구하는 게 어려워서 제대로 맛을 내지 못하는 게 아쉬운걸요."

무열은 인벤토리에서 중급 마석 하나를 꺼내어 식탁 위에 놓았다.

"어머, 이렇게 많이 주시지 않으셔도 돼요."

그녀는 접시를 치우면서 깜짝 놀란 표정으로 말했다.

"오랜만에 맛있는 음식을 먹었습니다. 중원에서 오는 길이라 며칠 동안 제대로 된 밥을 먹지 못했거든요."

진심이었다. 무열 역시 지구의 재료가 아닌 것들로 오랜만에 그리운 맛을 느꼈기 때문이었다.

"한국분이신 것 같은데……. 혹시 이곳에 오신 지 오래되셨습니까? 이곳 근방에 지도에 표시되지 않는 마을이 있다고 하던데."

"으흠…… 지도에 표시되지 않는 곳이라면 에레보르를 말씀하시는 걸까요? 마을이기는 하지만 딱히 사람이 살 거나 하지는 않아요. 지도에 표시되지 않는 것도 그 때문일지도 모르죠."

곰곰이 생각을 떠올리던 그녀가 조심스럽게 그에게 말했다.

"에레보르? 유령 도시라는 말인가요?"

"저도 잘은 몰라요. 보시다시피 전투와는 관계가 멀어서……. 밖으로 나간 적이 많지 않아요. 그저 사람들이 하는 얘기를 들은 것뿐이죠."

"으흠."

"가끔 외지인들이 그곳을 가기 위해 이곳에 들리거든요."

그녀는 치운 접시를 부엌 안으로 가져다 놓으며 말했다.

"던전이 있다는 얘기를 들었어요. 세븐 쓰론에 떨어졌을 때 방황을 하다가 뭣 모르고 에레보르에 들어갈 뻔했던 걸 이곳 사람들이 구해줬죠. 안 그랬으면…… 저도 죽었을지 모르죠."

토착인들이 살고 있는 북부의 작은 마을.

"고생하셨군요."

하지만 중원으로 이어지는 길 근처에 위치해 있기 때문에 사람들의 왕래가 없는 것은 아니었지만 여자 혼자서, 그것도 외지인에 대한 평이 좋지 않은 토착인의 마을에서 살아간다는 것은 결코 쉬운 일이 아니었다.

"그 마을은 어디로 가면 됩니까?"

"정확한 건 아니지만 이곳에서 계속해서 북쪽으로 올라가면 커다란 웅덩이가 있다고 해요. 그 근방일 거예요. 제가 발견된 곳도 거기라고 했으니까."

"그렇군요. 감사합니다."

무열은 그녀의 말에 고개를 끄덕이고는 걸음을 옮겼다.

'웅덩이라……. 역시 드워프 굴일 가능성이 높겠지.'

그의 눈빛이 빛났다. 서리고원을 넘어 대륙의 최북단까지 그가 오게 된 이유가 바로 안슈만과의 대화에서 확인했던 드워프 굴을 찾기 위함이었다.

'검의 구도자는 인간이 만들 수 있는 검이 아니다. 그렇다고 정령의 힘으로 탄생한 정령검도 아니다. 차원에서 이런 마법검을 만들 수 있는 종족은 단 하나.'

아이언바르의 드워프들. 무쇠 종족이라고 불리는 그들이야말로 무열은 검의 구도자를 완성시킬 수 있는 단서가 될 것이라 확신했다.

"조심히 가세요."

끝까지 친절함을 유지하는 그녀의 태도에 무열은 기분 좋게 가게를 나서려 했다.

"저기⋯⋯."

그때였다. 그가 멈칫하며 가게 문을 열기 위해 손잡이를 잡았다가 놓으면서 말했다.

"혹시 결혼하셨습니까?"

"네?"

갑작스러운 그의 물음에 여자는 살짝 놀란 표정을 지었다. 그냥 스쳐 지나갈 뻔했던 그녀의 말이 불현듯 떠올랐기 때문이었다.

만에 하나. 정말 말도 안 되는 확률이라고 생각했지만 무열은 조금 전 그녀가 말했던 할아버지라는 단어가 자꾸만 머릿속에 맴돌았다.

"혹시, 강건우란 남자를 아십니까."

"⋯⋯!!"

기대하지 않고 한 물음이었는데 그녀의 표정을 보자 오히려 놀라운 건 말을 꺼낸 무열이었다.

"어떻게⋯⋯."

변방의 작은 마을. 생각지 못한 인연을 이런 곳에서 찾았다는 사실에 무열은 묘한 기분이 들었다.

"그 친구와 친분이 있는 사이입니다. 트라멜의 사람을 이곳으로 보내도록 하겠습니다. 안전하게 모시도록."

"아니에요."

"네?"

자신의 제안을 단칼에 거절하는 그녀. 생각지 못한 반응에 오히려 무열은 당혹스러울 수밖에 없었다.

"여긴 비록 작은 마을이지만 제법 많은 사람이 이곳을 들렀다가요. 거기엔 토착인도 있지만 저처럼 외지인도 가끔 있죠."

"……"

"비록 보잘것없는 작은 가게지만 제가 이곳을 비우면 더 이상 음식을 만들 사람이 없어요."

그녀는 눈이 쌓인 창밖을 잠시 바라보았다.

"별것 아닌 것 같지만 어느새 이곳은 토착인과 외지인이 모두 함께 음식을 먹는 곳이 되었어요. 도움받은 마을 사람들에게 제가 할 수 있는 보답이겠죠."

자신 있게 대답하는 그녀. 대수롭지 않게 얘기하지만 평범한 여인이 토착인과 외지인이 공존할 수 있는 장소를 일궈낸 것이다.

권좌를 노리는 강자들도 하지 못한 일.

"그럼……."

그녀는 가볍게 웃으며 말했다.

"소중한 아내에게 직접 오라고 하다니요. 절 기다리게 한 벌로 보고 싶다면 직접 이곳으로 오라고 전해주시겠어요?"

"훗."

"그 친구의 말 그대로군요."

당찬 그녀의 대답에 무열은 자신도 모르게 피식하고 웃고 말았다.

"걱정 마십시오. 그 녀석, 보기보다 강하거든요."

강건우를 처음 만났을 때 그가 했던 말이 생각났기 때문이다.

"이름이 뭡니까?"

그녀는 무열이 가게의 문을 열고 나가는 모습을 바라보며 싱긋 웃었다.

"나지현이에요."

70장
드워프 굴

츠즉…… 츠즈즉…….

나지현이 알려준 에레보르를 찾는 것은 어렵지 않았다.

"엄청난 규모로군."

플레임 서펀트를 소환하여 상공 위에서 일대를 내려다보았을 때 눈에 띌 정도로 구덩이의 크기는 거대했기 때문이다.

탁−

찾는 것은 쉬웠지만 서펀트를 타고 비행을 해서 왔음에도 불구하고 구덩이에 도착하는 데에는 제법 시간이 걸렸다.

그 정도의 크기.

쿠드드드드…….

마치 드릴로 지면을 파 내려가는 것처럼, 구덩이는 괴상한 소리를 내며 나선형으로 계속해서 깊게 파 들어가고 있었다.

[꼭 개미지옥 같군. 드워프 녀석들을 본 적이 몇 번 있지만 이런 식으로 굴을 만들지는 않는데……. 뭔가 이상한 느낌이 든다.]

쿤겐의 말대로였다. 나선으로 회전하는 지면은 마치 괴수의 이빨처럼 보였다. 저 안으로 내려가면 더 이상 올라오지 못할 것 같은 모습에 무열 역시 쉽사리 들어갈 생각을 하지 못했다.

[어떻게 할 셈이지?]

"확인해 봐야지."

[쓸데없이 목숨을 낭비하진 말아라. 우린 매개체인 네가 없으면 존재할 수 없으니까.]

그의 대답에 에테랄은 심드렁한 목소리로 말했다. 아닌 척하지만 봉인에서 해방된 이후 그녀의 태도는 확실히 달라져 있었다.

"물론이지. 내가 정령술을 익히기 위해서 얼마나 고생했는데. 정령계까지 다녀온 걸 잊은 건 아니겠지?"

[흥……. 꽉 막힌 녀석의 얼굴이 또 기억나려 한다. 그 얘기는 그만하지?]

무열은 그녀의 말에 피식 웃었다. 타투르 공방전이 있었던 그 시기에 그는 정령술을 완성하기 위해 청귀(靑龜), 칼두안을 사냥하러 갔었다.

그가 돌아왔을 때, 그는 보란 듯이 최상위 정령술을 완성한 상태였다. 아무에게도 말하지 않았지만, 그곳에서 많은 일이 있었다.

[정령술(Spirit Magic)-SS등급]

정령을 부릴 수 있게 해주는 능력.

특수한 재료와 특수한 조건이 부합되었을 때 발현되는 히든 스테이터스로 제물로 사용되는 재료의 등급에 따라 습득할 수 있는 정령술의 등급이 정해진다. 또한, 재료의 등급 이외에도 마스터리의 숙련도에 따라 계약할 수 있는 정령의 등급이 달라진다.

필요 조건 : 정령력(Spirit Power)

정령 마스터리 : 20%(A랭크)

　 -계약 정령

　 *우레군주 쿤겐(S등급)

　 -친화도 : A

　 *해일의 여왕 에테랄(S등급)

　 -친화도 : C

무열은 히든 스테이터스인 정령술을 익혔을 때의 과정을 잠시 떠올렸다.

'나는 처음엔 재료만을 생각했었지. 하지만 그전에 쿤겐을

얻지 못했더라면 정령 친화도가 낮아서 정령술을 얻는 데 실패했을지도 몰라.'

칼두안을 사냥하고 산호 조각을 얻는 것은 그다지 어려운 일이 아니었다.

'때마침 지옹 슈가 상아탑에서 연금술을 습득해서 순금을 만들었다는 걸 알게 되었을 때만 해도 모든 게 순탄했었으니까.'

솔직히 정령술을 얻는 건 칼두안 이후에도 꽤 시간이 지난 뒤가 될 거라고 예상했었다. 그렇기 때문에 최혁수에게도 타투르로 돌아오는 것을 열흘이라고 말했었다.

연금술은 결코 배우기 쉽지 않다. 파비오 그로소조차 이제 막 숙련도가 S랭크가 되었다는 것을 감안했을 때, 배운 지 얼마 되지 않는 지옹 슈가 순금을 만든다는 것은 거의 기적과도 같은 일이었다.

'트라멜에서 지옹 슈를 만난 건 천재일우의 기적이다. 만약 재해로 인해서 그곳에 있던 사람들이 몰살되었더라면…….'

무열은 또 다른 천재를 잃었을 것이다.

그가 잠시 지옹 슈를 떠올릴 때 에테랄이 혀를 차며 말했다.

[정령술을 익히는 거야 재료만 있으면 누구나 가능한 일이지. 문제는 네가 나와 쿤겐과 계약을 하려고 했다는 점이다. 바보같이 정령왕과 계약을 하려면 정령계에 가야 하는 걸 모

르고 말이야.]

"하하……."

그녀의 말에 무열은 멋쩍은 웃음을 지었다. 어쩔 수 없는 일이었다. 하급 재료로 배우는 정령술은 그저 바닥에 오행진을 만들고 그 안에 재료를 세우기만 하면 되었으니까. 전생(前生)에서도 정령왕과 계약을 할 만큼 뛰어난 정령술사는 없었으니까.

무열이라도 정령술에 대한 지식은 전무하다고 해도 과언이 아니었다.

[정령계로 가는 거야 상관없는 일이다. 어차피 그곳에 가면 우리가 육체를 되찾을 수 있으니까. 인간 하나 지키는 것쯤은 쉬운 일이지. 문제는 막튠 녀석이 칼두안의 등껍질에 숨어 있을 줄 누가 알았겠냐는 말이지.]

"그러게."

쿤겐의 말에 무열은 천천히 고개를 끄덕였다.

거암군주 막튠.

그는 4대 원소 정령왕 중 유일하게 봉인이 되지 않은 정령왕이었다.

쿤겐을 봉인한 정령 전쟁 이후, 그의 존재는 다른 정령왕들과 달리 완벽하게 사라졌었다.

[진중한 척은 혼자 다 하더니 꼬리를 감추고 아무렇지 않게

거북이의 등에 숨어 있다니. 덩칫값도 못 하는 녀석.]

"하지만 그 덕분에 누구처럼 봉인되는 것은 피할 수 있었잖아. 어쩌면 그는 언젠가 정령계의 문이 열릴 거라고 생각했을지도 모르지."

[큭…… 그건 어쩔 수 없는 일이었다. 그런데 네 말은 꼭 막툰이 널 기다리고 있었다고 하는 것 같군. 건방지긴…….]

에테랄은 그의 말에 서운한 듯 토라진 목소리로 말했다.

"글쎄. 내가 아니더라도 누군가는 최상위 정령술을 익히기 위해 재료를 모았을지도 모르지."

[과연 그럴까?]

그녀는 무열의 말에 반문했다.

[위상의 재료를 모으는 건 절대로 쉬운 일이 아니다. 아니, 솔직히 불가능하다고 봐야겠지. 정령력을 얻는 최상의 재료라는 걸 아는 사람도 거의 없을 거다. 만약 알았다면 북부의 왕국들이 위상을 숭배하지 않고 먼저 사냥을 했겠지.]

"으흠……."

[뭘 그렇게 돌려서 말해? 에테랄이 하고 싶은 말은 네가 그만큼 뛰어나다는 거다.]

쿤겐의 말에 무열은 옅은 미소를 지었다.

"그럼 이참에 막툰을 소개해 주는 건 어때? 내 덕분에 이제 마음대로 정령계를 왕래할 수 있잖아."

[싫다.]

[죽어도 안 해.]

"……."

평상시에는 투덜투덜하는 사이였음에도 거암군주에 대한 생각만은 완벽하게 일치하는 둘을 보며 무열은 입술을 씰룩거렸다.

"쿤겐이야 그렇다 쳐도 너는 의외로군, 에테랄."

[흥…….]

다른 정령왕들과 달리 봉인되지 않았던 것도 있고 어쩐지 두 사람 간의 뭔가 사정이 있어 보였지만 무열은 더 이상 캐묻지 않았다.

"뭐, 좋다. 언젠가는 기회가 오겠지. 나는 아직 너희 모두와 계약하는 것을 포기하지 않았으니까. 하지만 그보다 먼저 여길 확인하는 게 우선이겠지만."

[쓸데없는 얘기를 하느라 듣지 못했군. 어떻게 할 생각이지?]

"설명보다 직접 보는 게 낫겠지."

무열은 가볍게 웃으며 천천히 암흑력을 끌어모았다. 순간 그의 손등에서부터 검은 문양이 생성되며 기름 같은 액체가 손을 타고 흘러내렸다.

"소환해 본 적은 오래지만…… 그동안 이 녀석도 내 암흑력을 야금야금 잘도 먹어치우고 있었으니까."

그의 손에서 흘러나온 기름이 굳어지며 서서히 뭉치기 시작했다.

[쿠르르르…….]

누군가 찰흙을 주무르는 것처럼 이리저리 모양을 갖추기 시작한 검은 덩어리에서 기묘한 소리가 들렸다.

[주인…… 명을…….]

점차 사람 모양으로 만들어지는 검은 형상 속에서 새하얀 이빨이 보였다. 입처럼 생긴 그 구멍이 움직이자 놀랍게도 어눌하지만 인간의 언어가 들렸다.

"흐음? 이제 말까지 할 수 있게 된 건가. 가져가는 암흑력만큼 지능까지 발달하나 보군."

무열은 자신의 키만큼 커다란 검은 인간을 바라보며 재밌다는 듯 중얼거렸다.

불멸회 초대 마법 – 어둠 거인.

그는 어둠 거인의 이마에 손가락을 얹었다. 그다음에 천천히 마력을 끌어올리자 무열과 어둠 거인의 이마에 똑같은 문양의 마법 각인이 생겨났다.

스팟–

번쩍이는 빛과 함께 무열의 눈이 푸르게 빛났고 어둠 거인의 이마에 새겨진 각인 역시 그의 눈동자와 마찬가지인 푸른 빛을 머금었다.

불멸회 초대 마법 - 우월한 눈.

[제법이군.]

쿤겐은 두 개의 마법을 동시에 사용하는 무열을 보며 가볍게 웃었다.

[어둠 거인에게 마법을 걸어 대신 살피게 한다라. 인간다운 발상이야.]

무열의 의도를 알아차렸다는 듯 쿤겐이 자신감 넘치는 목소리로 말했다. 하지만 무열은 대답 대신 어둠 거인을 굴 안으로 던져 넣었다.

그때였다.

철컥-

콰가가가가각……!!!

땅이 갈리는 소리와 함께 순식간에 어둠 거인을 삼킨 구덩이의 안쪽 면이 날카롭게 변하면서 그대로 어둠 거인을 갈기갈기 찢어버렸다. 말도 안 되는 위용.

[뭐야, 실패인가?]

나선의 이빨에 산산조각이 난 어둠 거인을 보며 쿤겐은 낮은 목소리로 말했다.

"아니, 확인은 끝났다."

[그게 무슨 말이지?]

하지만 반대로 그 광경에 무열은 확인에 찬 눈빛으로 말했다.

"드워프 굴이란 뜻이지."

[······.]

설명을 원하는 침묵이었다. 무열은 무릎을 꿇고 빨려 들어 가는 흙을 한 움큼 쥐고서 굴 안으로 던졌다.

쿠르르르르······.

또다시 으르렁거리는 구덩이를 바라보며 그는 고개를 끄덕 였다.

"녀석들의 굴은 생명체가 아닌 모든 것에만 반응하거든. 정 확히는 심장이 존재하는 생명체라고 해야 할까? 인간과 드워 프, 엘프에는 반응하지 않지만 마족과 네피림, 그리고 악마족 에겐 반응하지."

[흐음······.]

"어둠 거인이 잡아먹히지 않고 바닥까지 내려갔다면 오히 려 살펴볼 생각도 하지 않았을 거다."

[확실해?]

"궁금하면 직접 들어가 보는 게 어때? 드워프 굴은 정령도 잡아먹을 테니까."

무열은 장난스러운 표정을 짓다가 굳히며 말했다.

"짧은 순간이지만 기관이 움직이는 걸 확인했다. 기계음이 들렸거든."

모래 때문에 감춰져 있었지만 무열은 구덩이의 이빨이 모습을 드러낼 때 들린 톱니바퀴 소리를 확실히 기억했다. 보통 사람이라면 지나쳤을 만큼 작은 차이였지만 그는 놓치지 않았다.

아니, 잊을 수 없는 소리였다. 그건 그에게 있어서 죽음의 소리와도 같았으니까.

"몇 번이나 드워프 굴을 통해서 악마족과 싸웠던 적이 있다. 그 당시 드워프와 엘프, 그리고 인간의 연합군이 악마족과 마족의 연합군을 상대로 싸웠었거든."

[그 당시? 너는 가끔 알 수 없는 말을 하는군.]

쿤겐의 말에 무열은 씁쓸한 미소를 지었다.

전략은 간단했다. 스스로 미끼가 되어 악마를 드워프 굴로 유인해서 함정을 발동시킨다. 이게 등급이 낮은 병사들이 종족 전쟁에서 싸우는 방법이었다.

'조금이라도 늦게 굴을 빠져나가면 드워프 굴이 발동되지 않아 반대로 몰살당한다. 승률은 반반. 행여나 고위급 악마가 끼어 있으면 그때는 전멸이라고 봐야 했지.'

무열은 기억을 잊으려는 듯 고개를 저었다.

'드워프 굴이라는 건 확실히 알았다. 그렇다면 저 굴이 어디까지 연결되어 있는 거지? 게다가 저런 나선 형태는 본 적이 없는데……."

무열은 기억을 떠올렸다. 악마족이 만드는 터널과 마찬가지로 드워프 역시 드워프 굴을 통해서 각 층을 연결한다. 종족 전쟁이 일어났을 때 드워프 굴이 처음 만들어진 곳은 휀 레이놀즈의 거점이 있었던 레인성이었다.

'차원을 잇는 굴의 크기는 저것보다 훨씬 더 거대하다. 그렇다면 저건 아이언바르까지 이어진 것은 아니라는 말이지.'

답은 한 가지. 결국, 인간이 사는 마을 어딘가와 연결되어 있을 가능성이 높았다. 그리고 그 순간, 무열의 머릿속을 스쳐 지나가는 한 가지 기억이 있었다.

'카토 치츠카의 권세.'

무열은 그와의 만남에서 그가 인간군 4강과 비교해도 손색이 없을 정도로 뛰어난 자라는 걸 인지하고 있었다. 하지만 이상하리만치 그의 행보는 두각을 나타내지 않았다.

'이 정도 위력이라면……. 아이언바르에서도 고위급 드워프의 작품일지 모른다. 녀석과 아이언바르가 모종의 관계로 엮여 있다면…….'

그 어떤 인간군 4강보다도 쉽지 않은 상대가 될 것이다.

"훗……."

무열은 천천히 드워프 굴 아래를 바라봤다. 또다시 생각이 깊었다.

'내가 뭐라고.'

오랜만에 느끼는 떨림이었다. 부딪쳐 보지 않으면 아무것도 알 수 없다.

"과연 이 뒤에 있을 존재가 인간일지, 아니면 드워프일지……. 적일지 아군일지. 눈으로 확인해야겠지."

타앗—

무열은 망설임 없이 구덩이 안으로 몸을 던졌다.

그 순간, 그의 눈에 붉은 메시지창이 떠올랐다.

[에레보르에 입장하였습니다.]

하지만 그곳에서 벌어질 일련의 사건이, 지금까지 그가 바꾼 미래보다 더, 그의 삶을 송두리째 바꿀 큰 격변이 될 것이라곤 결코 상상하지 못했다.

[에레보르에 입장하였습니다.]

붉은 메시지창이 떠올랐다. 남자는 무심한 표정으로 그 글자를 바라보며 낮은 목소리로 말했다.

"결국 온 거군."

"어차피 올 거라고 생각하지 않았어?"

"어차피라기보다는 사실 기대를 했다고 하는 게 맞겠지."

"흥……."

좁은 방. 아니, 정확히 표현하자면 좁은 굴이라고 해야 맞을 정도로 장식 하나 없이 바위를 뚫은 듯 온통 석벽으로 둘러싸인 공간이었다.

"저자가 자네가 말했던 그 남자인가?"

"맞아요."

그곳엔 세 사람이 있었다. 검은 옷을 입은 남자와 그와 똑같은 옷을 입은 여자, 그리고 그들의 허리만큼밖에 오지 않은 작은 키의 사내까지.

"제법이군. 암흑 마법이라……. 소실되었다고 생각했는데 그게 아닌가 보지? 아직까지 저 마법을 쓸 수 있는 자가 있을 줄이야."

작은 키의 남자는 반투명한 홀로그램 같은 창을 바라보며 흥미로운 듯 말했다.

"그래, 이제 어떻게 할 생각이지? 카토 치츠카, 아니, 던전 마이스터(Dungeon Meister)."

고개를 돌린 작은 키의 남자. 인간이 아니었다. 부리부리한 눈매와 키는 작지만 성인 남자보다 훨씬 더 넓은 어깨. 굵은 팔뚝과 마디마디에 굳은살이 박인 손엔 흙먼지가 잔뜩 묻어 있었다.

드워프(Dwarf).

세븐 쓰론에는 각지각색의 종족이 살고 있지만 드워프는 존재하지 않는다. 그들은 오직 자신들의 계(界)인 아이언바르에서만 생활을 했다.

수천 년 동안 이어진 규율을 깨고 나타난 그는 자신이 만든 작품 안으로 망설임 없이 뛰어드는 한 남자를 바라보며 옆으로 고개를 돌렸다.

드워프의 물음에 서 있던 카토 치츠카는 멋쩍은 표정으로 대답했다.

"그런 호칭은 그만하죠. 낯간지럽게. 트로비욘, 나는 그저 이름을 빌려줬을 뿐입니다."

"껄껄……. 그 이름이 중요하지. 세븐 쓰론에 통로를 뚫기 위해서는 허락이 필요하거든."

붉은색 수염을 두툼한 손으로 쓸어 넘기는 드워프는 그의 말에 호탕한 웃음을 터뜨렸다.

지금까지 이곳에서 많은 종족을 봐왔기에 그리 특이할 것도 없지만 카토 치츠카조차도 저 작은 키의 종족이 이토록 거대한 굴을 만들 수 있다는 사실에 놀라울 따름이었다.

쿠르르르르……

머리 위 천장에서 느껴지는 떨림. 기관이 작동할 때 들리는 진동은 마치 거대한 괴수가 살고 있는 것 같은 느낌이었다.

'던전을 만드는 스킬.'

카토 치츠카는 말없이 트로비욘을 바라봤다. 드워프의 고유한 능력이자 스킬이라고 할 수 있는 그것은 사용 방법에 따라 때로는 무기가 될 수도, 때로는 방패가 될 수도 있었다.

'트로비욘을 만난 건 솔직히 행운이라고밖에 설명할 수 없겠군.'

붉은 메시지창과 더불어 카토 치츠카의 앞엔 수십 개의 빛을 뿜는 화면이 있었다. 마치 터치로 작동하는 기기의 액정처럼 드워프의 손을 따라 화면이 실시간으로 전환되었다. 화면은 마치 CCTV처럼 커다란 굴 안을 달리고 있는 남자를 쫓고 있었다.

바로, 강무열이었다.

'솔직히 이 정도일 거라고는 생각하지 못했는데……..'

과학이라고 불러도 손색이 없을 것 같은 신기한 광경에 카토 치츠카는 혀를 내둘렀다.

'이런 자들과 우린 싸워야 했던 건가.'

그는 묘한 눈빛으로 트로비욘을 바라보며 생각했다.

그와의 만남은 정말 우연이었다. 트로비욘을 만난 것은 정확히 한 달 전. 북쪽 던전 중 하나인 '붉은 아귀의 둥지'를 공략하던 도중에 부상당한 그를 발견했다.

워낙 튼튼한 드워프 특유의 육체를 가진 그였기 때문에 다행히 부상은 빠르게 치유가 되었다.

문제는 그가 부상을 당한 이유였다. 북부에 숨겨진 마을인 에레보르에 거점을 선택한 카토 치츠카는 여동생인 카토 유우나와 함께 권세를 늘리고 있었다.

그러나 그는 강무열이나 휀 레이놀즈와는 전혀 다른 방식으로 자신만의 권세를 구축해 갔다. 반박의 여지 없이 그는 다른 강자에 비해 후발 주자였으니까.

몇천, 몇만의 병력을 가진 그들을 상대로 병력으로 이길 수 없다고 생각한 카토 치츠카는 철저히 소수의 고랭커만으로 자신의 세력을 구성했다.

현 상황을 뒤집고 자신에게 판을 가져올 수 있게 만드는 유일한 방법.

'암살(暗殺).'

지극히 군주론에 입각한 생각이었지만 카토 치츠카는 지금 상황에서 이보다 더 확실한 방법은 없다고 여겼다. 우두머리만 사라지면 남은 자들을 다루는 것은 쉬운 일이었으니까.

'안톤 일리야와의 싸움에서 역시 네가 승리했군, 강무열.'

카토 치츠카는 던전 곳곳에 연결되어 있는 화면을 바라보며 생각했다.

안톤 일리야전(戰).

그곳엔 대륙의 패권을 결정할 수 있는 세 사람이 모두 있었다.

그 순간이 노림수였었다.

난전(難戰) 속에서 세 사람을 죽인다.

하지만 카토 치츠카는 그 자리에 있었음에도 불구하고 그러지 않았다.

무열이 그의 행방에 의아함을 가진 것도 어쩌면 그 때문일지도 모른다.

'강무열, 네가 모르는 것이 있다.'

카토 치츠카는 잠시 눈을 감으며 트로비욘과의 첫 만남을 떠올렸다.

부상에서 치유되어 정신을 차린 그가 한 첫마디.

"악마족으로 인하여 아이언바르는 거의 궤멸 상태이다. 살아남은 드워프는 지하에 몸을 숨기고 있으며 나는 인간과의 동맹을 원한다."

그의 진짜 이름은 드워프의 왕(王), 트로비욘 뮤르.

대대로 이어진 고고한 뮤르가(家)의 이 남자를 만나지 않았더라면 카토 치츠카는 분명 타투르에서 그 셋을 죽이려고 했을 것이다.

그런 그에게 변화가 있었다.

놀라운 진실.

트로비욘은 카토 치츠카에게 이세계의 구성에 대해서 이야기했다.

다른 차원, 그리고 앞으로 있을 일들까지.

그 우연의 진실이 카토 치츠카의 계획을 완전히 바꾸게 했고 한 발, 아니, 두세 발자국 앞서 나아가게 만들어주었다.

'과연 네가 도달할 수 있을까, 그 진실에.'

카토 치츠카는 팔짱을 낀 채로 던전 속 몬스터를 사냥하는 무열을 바라봤다.

"강무열, 저자와의 인연도 참 진짜 질기네. 신수 사냥 때도 그렇고, 결국 우리의 일을 방해하려는 거잖아?"

"꼭 그렇게 생각할 순 없지."

"오빠는 너무 저자에게 관대한 것 같아. 알카르의 뿔을 제대로 얻지 못해서 얼마나 고생한지 알잖아."

그의 옆에 있던 카토 유우나는 못마땅한 표정을 지으며 말했다.

"그래, 그랬지."

알카르의 뿔을 얻기 바로 직전, 무열의 방해로 그는 부러진 뿔만을 얻을 수 있었다. 완벽이 아닌 불완전한 재료.

카토 치츠카는 화면 속의 무열을 바라보며 말했다.

"그건 강무열도 마찬가지다."

그는 뭔가를 생각하는 듯 트로비욘을 향해 말했다.

"손님을 맞이할 준비를 하겠어."

콰드드득……!!!

무열은 골렘의 핵을 부순 검을 뽑으며 생각했다.

'던전 초입부터 아이언 골렘이라. 도대체 난이도가 어떻게 되는 거지.'

핵이 파괴된 골렘은 그대로 녹슨 고철이 되어 부서졌다.

'골렘 던전이라고 불렸던 '무쇠녹의 바위'에서조차 초입에는 평범한 스톤 골렘 정도뿐이었다. 안에 뭐가 있을지는 모르겠지만 적어도 난이도가 S급, 아니, SS급이다.'

에레보르에 입장한 지 약 3시간. 길은 생각보다 어렵지 않았다. 보통 그가 알고 있는 드워프 굴은 미로처럼 수많은 갈림길이 존재했다.

하지만 여긴 달랐다.

'몇 개의 갈림길이 있긴 했지만 현저하게 수가 적다. 게다가 기껏 있는 길도 미로용이 아닌 던전 구조상 필요한 것뿐.'

마치 만들 인원이 부족해서 불필요한 것은 모두 배제한 느낌이었다.

"……."

무열은 던전의 벽면을 만져 보았다. 흙으로 가려져 있었지만 확실히 그 안에는 딱딱하면서 차가운 강철 특유의 촉감이 있었다. 모래는 그저 눈속임일 뿐. 결코 평범한 드워프 굴이 아니라는 뜻이었다.

'강철로 된 벽. 주변에 존재하는 몬스터들은 오직 아이언 골렘뿐.'

드워프라는 종족의 특성상 강철과 떼려야 뗄 수 없는 관계였다. 하지만 아무리 그들이라 할지라도 드워프 굴 하나를 만드는 데 이렇게 많은 광물을 쏟아붓진 않는다. 그들에게도 자원은 무한한 것이 아니니까.

'서둘러서 만든 것치고는 들어간 재료가 하나같이 모두 심상치 않은 것뿐이다.'

그의 기억에, 처음 세븐 쓰론에 드워프가 왔을 때 만든 레인성의 드워프 굴도 이 정도의 재료를 투자하지 않았었다.

딱 한 번. 무열은 이런 상급 재료를 쏟아부어 만든 드워프 굴을 본 적이 있었다.

"……."

악마군 8대 장군의 수장.

'백귀(百鬼) 아쉬케. 그래, 인간과 드워프 연합군이 마지막 악마군을 퇴치할 때 악마계까지 통로를 연결하기 위해 이런

비슷한 드워프 굴을 만들었었지.'

악마족과의 마지막 대전. 그것은 단 한 명만이 사용할 수 있는 특수한 드워프 굴이었다.

'설마……'

드워프의 항아리라는 인벤토리 아이템을 만든 장본인이자 아이언바르의 최고 기술자이자 그들의 수장.

'트로비욘 뮤르.'

입구에서부터 느껴졌었던 불안감은 던전 안으로 들어갈수록 더 짙어졌다.

'대단한 자였지.'

마족과 악마, 그리고 네피림 할 것 없이 자신을 막아섰던 적을 거대한 망치로 단번에 부숴 버린 그의 모습이 아직도 생생하게 떠오르는 것 같았다.

'그러나 그 힘보다 더 뛰어난 건 트로비욘의 골렘 제조술이었다.'

오직 드워프 왕가인 뮤르가(家)에만 전해지는 가전술. 만드는 법도 어렵지만 유일하게 트로비욘만이 제조할 수 있는 그 골렘은 지금까지의 것과는 전혀 달랐다.

'아쉬케는 강력한 악마였다. 하지만 그런 그의 심장에 일격을 가한 것이 바로 트로비욘이 만든 파수꾼이었으니까.'

어마어마한 크기는 말할 것도 없거니와 마치 스스로를 골렘의 왕이라 칭하듯 이마에는 왕관처럼 뮤르가(家)의 상징인 녹빛의 보석이 박혀 있었다.

아군이었을 때엔 누구보다 믿음직스러웠지만 적이 되는 순간, 그것은 최고이자 최악의 적이 되었다.

'악마군을 섬멸하는 데 성공한 그 즉시 드워프는 인류를 배신했으니까.'

동맹을 맺었던 그때, 그들은 자신의 심장을 강철의 심장이라 칭하며 믿음으로 관철시켰다. 하지만 그 차가운 강철엔 마음 따윈 없었다.

꽈득.

그때를 생각하면 자신도 모르게 분노가 치밀어 오르는 것 같았다.

'카토 치츠카, 정말 네가 드워프와 관계가 있는 것이라면…… 네가 모르는 게 있다는 걸 알아야 한다.'

아이러니하게도 찰나의 순간, 두 사람은 똑같은 생각을 하고 있었다. 자신만이 아는 숨겨진 비밀.

'하지만 이상한걸. 그가 만든 강철의 드워프 굴은 말 그대로 터널이자 함정일 뿐 던전은 아니다.'

유인을 하기 위한 덫으로 골렘을 배치하는 것은 충분히 가능한 일이다. 그러나 무열은 이곳에 들어올 때 떴던 붉은 메시지창을 기억한다.

'도대체 어떻게 된 거지⋯⋯.'

던전(Dungeon).

그곳엔 필수적으로 존재해야 하는 요소가 있다.

저벅─ 저벅─ 저벅─

무열은 길의 종착지에 도달했을 때 그의 얼굴이 순간 일그러졌다.

"미친⋯⋯."

자신도 모르게 터져 나오는 욕지거리.

눈앞에 보이는 것은 거대한 조각상이었다. 흙으로 감춘 지금까지와는 달리 당당하게 강철의 기둥을 내보이며 존재하는 넓은 홀. 그 안에는 커다란 바위를 깎아 만든 거신(巨神)이 옥좌 위에 앉아 있었다.

황금색으로 빛나는 육체. 감정이 없는 눈빛은 생명이 느껴지지 않았지만 그를 바라보는 눈동자엔 분명 의지가 담겨 있었다.

부르르르⋯⋯.

무열의 손이 자신도 모르게 떨렸다. 절대로 잊을 수 없는 존재였기에 그 공포도 너무나도 잘 알고 있었다. 아직 완벽하게 완성되지 않은 듯 여기저기 부서진 골격들이 보였지만 확실했다.

"엔더러스⋯⋯."

인류의 아군이었으며 인류의 적이기도 했던 드워프의 산물. 그는 입꼬리를 씰룩거리며 낮은 목소리로 중얼거렸다.

"하하⋯⋯. 이거 완전 반칙이잖아. 시작부터 끝판왕이 나타나는 건 좀 아니잖아. 안 그래?"

자신의 말이 들릴지 모르겠지만 어디선가 분명 지켜보고 있을 두더지 같은 드워프를 떠올리며 그는 이를 갈았다.

"감히⋯⋯."

확실히 두려운 존재다.

수천, 수만, 아니, 수억의 인류를 몰살시켰던 골렘의 왕에게 짓밟히고 뭉개진 동료의 얼굴이 떠올랐다.

그러나 지금은 다르다. 아직은 바로잡을 수 있고 막을 수 있다. 자신의 힘으로.

"어리석게 속지 마라."

무열은 그 드워프 옆에 있을 인간에게도 고했다.

차아아앙───!!!

무열은 검을 뽑았다. 그는 옥좌 위에서 내려다보는 황금의 골렘을 향해, 아니, 이것을 만들었을 드워프를 향해 일갈을 내뱉었다.

"난쟁이 새끼들이 어디서 인간의 땅에 올라와 멋대로 이따위 짓거리를 하는 거냐!!"

기억을 떠올려 본다. 그리고 천천히 눈앞에 있는 골렘을 살핀다.

완성되지 않은 부분은 오른쪽 어깨의 갑옷과 왼쪽 옆구리 부분의 갑주. 비어 있는 어깨는 마치 뼈대 같은 관절이 연결된 골격이 적나라하게 보였다.

매끈한 검은빛을 띠는 골렘의 뼈는 비록 갑옷이 없다 하더라도 두 팔을 벌려 감싸야 될 정도로 두꺼웠다.

'트로비욘 뮤르는 엔더러스를 완성했을 때 평생의 역작이라고 말했다. 그 당시 살아 있던 이강호의 남은 세 제자가 모두 달려들어도 파괴하지 못했다.'

그런 녀석을 혼자 상대해야 한다.

"후우……."

무열은 천천히 마력을 끌어올렸다.

치직…… 치지직…….

그의 양팔에 둥근 원이 그려지며 마력이 중첩되기 시작했다.

'대단하다지만 녀석도 결국은 골렘의 일종. 약점은 다른 것들과 똑같은 코어.'

그는 아직 미동도 없이 석상처럼 옥좌에 앉아 있는 엔더러스를 바라보며 생각했다. 이마에 박혀 있는 녹빛의 보석.

'드래곤 하트(Dragon Heart).'

엔더러스의 약점이자 힘의 원천.

물론 정말 드래곤의 심장을 도려낸 것은 아니다. 그저 명칭에 불과하지만 그만큼 강대한 마력을 가두고 있는 보석이었다.

아이언바르의 드워프들은 다른 종족과 달리 과학의 힘을 믿는 종족임에도 불구하고 그들이 믿지 않는 마력의 힘을 담고 있는 저 보석을 숭배했다.

과학과 마법.

그건 드워프와 엘프처럼 서로를 인정하면서도 인정하지 않는 관계였다.

'전해지는 이야기로는 드래곤 하트를 주조할 수 있는 방법을 아는 것이 왕가인 뮤르가(家)뿐이라고 했다.'

그들의 역사 따위 어찌 되어도 좋다. 중요한 것은 이곳이 엔더러스를 완성시키는 장소로 쓰였다는 것이다.

'어째서?'

드워프 굴을 만든 사람이 누구인지는 그의 눈앞에 엔더러스가 있다는 것만으로 확실해졌다.

문제는 이유였다.

'보통 골렘도 아닌 엔더러스를, 아이언바르가 아닌 이곳에서 만드는 이유가 무엇이지.'

재료도 여건도 모두 그곳에 비하면 부족하기 짝이 없었다. 드워프 굴을 만든 것 자체에서 이미 무리했다는 것이 느껴졌으니까.

게다가 드워프 굴을 던전화하여 엔더러스가 사라지지 않게 에레보르의 보스 몬스터로 한정시키기까지 했다.

'무슨 생각인지 모르겠지만⋯⋯.'

무열은 냉소를 지었다.

'나에겐 오히려 더 좋은 걸지 모르지.'

촤아아아앙———!!!

마력 정기로 중첩된 마력이 검의 여행자에 깃들었다. 도합 6개의 고리가 검날을 감싸자 차르릉거리는 경쾌한 소리가 들렸다.

'던전의 주인을 물리치면 그에 따른 보상이 따라오는 법이니까. 수만 명의 목숨을 앗아갔던 녀석이 얼마나 대단한 걸 뱉어낼지 지켜보겠다.'

콰앙——!!

무열이 움직이는 순간 옥좌 위에 앉아 있던 골렘의 두 눈이 붉게 변하며 믿을 수 없는 빠르기로 주먹을 내려쳤다.

"흡!"

숨을 참으며 빠르게 뒤로 물러서자 조금 전 그가 서 있던 자리의 바닥이 산산이 부서졌다.

'미완이라고 하지만 속도와 힘은 거의 그대로다.'

잔상만이 남은, 흐릿한 무열의 환영만이 소리보다 느리게 남아 골렘이 파괴한 자리에 흩어졌다.

탁!

타다다닥───!!!

마치 순간이동을 하듯이 재빠르게 바닥을 차고 지그재그로 뛰어가던 무열이 엔더러스의 다리 사이로 파고들었다.

츠앙……!!

마법검이 빛을 뿜어내며 녀석의 두 다리를 베었다. 쇠가 갈리는 소리와 함께 검이 지나간 자리에는 옅은 흔적이 새겨지며 스파크가 터져 나왔다.

고통 따위는 없는 듯 자신의 발아래에 있는 무열을 향해 골렘이 기다렸다는 듯 거대한 주먹을 내려쳤다.

쿠가가가가가─!!!

콰가강──!!

사방으로 벽돌이 튀며 무열의 몸이 휘청거렸다. 녀석의 주먹이 홀의 벽을 다시 한번 두들기자 무열의 머리 위로 거대한 바윗덩이들이 떨어졌다.

쿵……! 쿠쿵!!!

돌덩이 정도야 단번에 베어버릴 수 있는 무열이었지만 그는 낙석을 피하기 바빴다.

이유는 간단하다. 떨어지는 돌을 피하면서도 그의 시선은 다른 곳에 있었다.

순간 무열의 눈이 커지며 있는 힘껏 머리 위로 검을 들어 올렸다.

콰아아아아아아……!!!

머리 위로 떨어지는 엔더러스의 주먹과 검이 부딪히는 순간 엄청난 굉음과 함께 폭발이 일어났다.

퍼어억……!!

무열의 몸이 그 힘에 그대로 밀려났다.

드드드득――!!

멈추려고 했지만 무열의 힘보다 그 충격이 더 큰 듯 발밑에 기다란 선을 그리며 그는 홀의 벽까지 튕겨 나갔다.

"큭?!"

벽에 부딪히는 충격이 고스란히 전해졌다.

엄청난 무게, 그리고 상상 이상의 힘.

분명 알고 있는 존재다. 하지만 아는 것과 직접 겪는 것은 천지 차이였다.

쩌저적……!!

무열이 천천히 고개를 내렸다. 조금 전 벽에 부딪히면서 느껴졌던 충격의 이유를 알 수 있었다.

"……."

그는 인상을 구기며 자신의 갑옷을 바라봤다. 마치 칼로 벤 것처럼 대각선으로 잘린 커다란 금이 그의 갑옷에 새겨져 있었다.

단 일격이었다.

무열은 쓴웃음을 지으며 눈앞에 있는 거대한 골렘을 바라봤다.

"내가 너무 쉽게 본 모양이로군. 비록 B급이긴 하지만 그래도 유니크인데……."

남부에서 오르도 창에서 얻은 초열의 명광개. 등급을 떠나서 불의 힘이 깃든 갑옷은 그의 화진검의 위력을 배가시켜 주는 효과가 있었다.

"이젠 버려야겠군."

무열은 명광개의 끈을 풀었다.

쿵.

갑옷이 떨어지며 육중한 소리를 냈다. 두꺼운 두께만큼 방어력과 체력을 높여주지만 민첩 수치를 떨어뜨리는 명광개를 벗은 그는 가볍게 몇 번 바닥에 발을 굴렀다.

[크오오오오…….]

엔더러스는 자신의 공격에도 살아 있는 무열이 신기한 듯 천천히 고개를 꺾었다.

"쿤겐, 네 힘을 좀 빌려야겠다."

[너는 이미 내 계약자다. 일일이 허락을 구하지 않아도 된다. 다만, 생명이 없는 골렘은 내 힘이라도 벨 수 없을 거다.]

"상관없어. 대미지를 주려는 게 아니다."

[음?]

파앗-!!

명광개의 무게가 사라졌기 때문일까. 흐릿한 잔상과 함께 무열이 탄환처럼 튀어 나갔다.

핑그르르르……!

무열은 들고 있던 마법검을 있는 힘껏 공중으로 던졌다. 그와 동시에 양팔을 뻗자 뇌격과 뇌전이 미끄러지듯 그의 손에 잡혔다.

"검에 담을 수 있는 최대의 전격을 쏟아내 줘. 잠깐이면 된다. 녀석의 움직임을 잠시 멈추는 것뿐이다."

[그 정도라면 해보지.]

즈즈즉…… 즈즈즈즉……!!

두 자루의 검에 쿤겐의 힘이 깃들자 지금까지와는 전혀 다른 새하얀 전격이 거미줄처럼 사방으로 뻗쳤다.

[쿠오오오---!!]

엔더러스는 육중한 울음소리와 함께 무열을 잡으려 두 팔을 벌려 바닥을 찍어 눌렀다.

쾅!

콰강……!! 쾅……!!!

아슬아슬하게 녀석의 손을 피하며 무열은 있는 힘껏 골렘의 양 무릎에 뇌격과 뇌전을 꽂아 넣었다.

순간 스파크가 튀기며 쿤겐의 뇌격이 검을 타고 골렘의 양 다리에 직격했다.

쿠우우웅……!!

엔더러스가 중심을 잃고서 비틀거렸다. 과부하가 걸린 것처럼 거대한 몸이 바닥에 쓰러지면서 몸을 일으키지 못했다.

[이제 어떻게 할 생각이지? 저런 상태라면 곧 다시 움직일 거다.]

"이 정도면 충분해."

무열은 참았던 숨을 토해내며 쓰러진 엔더러스를 바라봤다. 녀석은 분명 악마족의 수장을 죽일 만큼 대단한, 드워프의 최대 무기지만 결국 인간에게 패했다.

그러나 정작 엔더러스를 물리친 건 의외의 인물이었다. 이 강호의 제자가 모두 달려들어도 이기지 못했던 괴물을 쓰러뜨린 사람은 다름 아닌 고스트 바인드(Ghost Bind), 김인호. 남부 경기장 출신의 그는 안티훔 대도서관에서 불멸회의 마법을 익힌 흑마법사였다.

'영혼 착취 계열의 나인 다르혼 마법을 배운 그는 사령체를 다스리며 같은 흑마법의 강자인 염신위를 위협했던 사령 군

단(死靈軍團)의 주인이기도 했다.'

하지만 그는 오직 마법에 심취해 대도서관에 들어간 이후 나오지 않았기에 인간군 4강에 비해 한 수 아래라는 평가를 받기도 했다.

하지만 그가 폐관을 끝내고 안티홈의 문을 열고 나왔을 때 단신으로 엔더러스를 파괴하는 업적을 이뤘다. 그것은 단번에 모든 사람에게 그 이름을 날리며 세간의 평가를 완전히 뒤집는 계기가 되었다.

'이번 일이 끝나면 대도서관에 들러야겠군. 어쩌면 그를 영입할 수도 있을 테니.'

하지만 나인 다르혼의 마법을 그가 익히기 전에 자신이 익혔기에 어쩌면 지금의 김인호는 그가 알고 있는 김인호가 아닐지도 모른다.

변화된 미래. 하지만 공략법은 변하지 않았다.

"김인호처럼 사령체를 다룰 순 없지만 비슷한 마법은 쓸 수 있지."

[음……?]

무열이 낮게 말하며 손을 뻗었다.

퍼엉.

연기와 함께 기다란 지팡이가 그의 뻗은 손에 잡혔다. 다름 아닌 네크로맨서의 지팡이였다. 지팡이를 소환하자 웰 바하르의 유품이 반응을 하며 검은빛을 뿜어내기 시작했다.

[지팡이에 암흑력이 흡수되기 시작합니다.]
[사용되는 암흑력에 비례하여 언데드를 소환할 수 있습니다.]

마지막 지팡이를 얻고서 새로이 소환할 수 있게 된 언데드.

스으으으으……

차가운 한기와 함께 무열의 주위에 붉은 안광이 나타나기 시작했다. 언데드 병사와 언데드 기사 다음으로 마지막 세 번째 소환체.

하나, 둘, 셋…… 열…… 스물…….

기하급수적으로 늘어나는 숫자의 정체는 다름 아닌 레이스(Wraith)였다.

"아직."

무열은 바닥에 지팡이를 박아 넣었다. 그러고는 천천히 숨을 몰아쉬며 양손으로 조심스럽게 지팡이를 잡았다. 이 순간을 위해서 골렘의 움직임을 잠시 봉쇄한 것이기도 했다.

[뭘 하려는 거지?]

지금까지와는 달리 신중한 무열의 모습에 쿤겐이 물었다.

"내 직업을 잊은 건 아니겠지?"

[음……?]

그의 물음에 무열은 나지막하게 웃으며 말했다.

"소울 이터(Soul Eater)."

화르르륵……!!

그 순간 무열이 들고 있던 지팡이가 폭주하듯 검은 연기에 휘감겼다.

그러나 파르르 떨리는 것은 무열이 지팡이의 힘을 감당하지 못하는 것이 아니라 반대로 그의 힘을 지팡이가 버티지 못해서 일어나는 일이었다.

[영혼의 힘으로 자신의 언데드 병사들을 강화시킬 수 있으며 영혼력을 주입할 시에 육체가 없는 사념체에게 직접적인 타격을 줄 수 있다.]

그것이 소울 이터(Soul Eater)의 능력.

암흑력의 사용법은 단순히 무기에 주입하여 절삭력을 강화시키는 것으로 그치지 않는다.

그가 혼자서 떠날 수 있었던 결정적인 이유.

간단하다. 혼자가 아니기 때문이다. 마음만 먹으면 수백, 수천의 병사를 그 자리에서 부릴 수 있는 힘이 있었으니까.

[크르르르르…….]

귀곡성(鬼哭聲) 같은 날카로운 비명이 들렸다. 무열의 주위를 에워싸는 넝마를 입은 레이스(Wraith)가 순식간에 더욱 불어나기 시작했다.

바닥에 꽂은 지팡이에서 흘러나오는 암흑력이 순식간에 지면을 덮었다. 맺힌 암흑력이 레이스에게 닿는 순간, 더 짙은 어둠을 토해내며 녀석들이 붉은 안광을 빛냈다.

[사용자의 암흑력을 흡수합니다.]
[레이스(Wraith)의 능력이 비약적으로 강화됩니다.]

달라진 것은 숫자만이 아니다. 미친 듯이 날뛰기 시작하는 수백의 유령이 공중을 이리저리 휘젓는 모습은 가히 장관이었다.

차앗———!!!

"먹어치워라."

그가 앞을 향해 지팡이를 뻗는 순간.

[캬아아아악……!!!]

유령들은 일제히 날카로운 손톱과 이빨을 드리우며 먹잇감을 향해 쏟아졌다.

to be continued

쥐뿔도 없는 회귀

목마 퓨전판타지 장편소설

불친절하기 짝이 없는 이세계 '에리아'.
그곳에 소환된 '이성민'.

13년의 생활 끝에 죽음을 맞이한 그에게
또 한 번의 기회가 주어졌다.

재능이 없다.
그러나 그에겐 13년의 기억이 있다.

우연처럼 엮인 필연이, 그리고 목적이
그를 앞으로, 더 높은 곳으로 나아가게 한다.

이성민은 무엇을 바라였는가.
무엇이 되고 싶었는가.

"나는 다시 살아가 보고 싶다.
전생보다 나은 삶을."